L'EVADE DE K…
(Récit tiré d'une histoire vraie)

MBANGO ANTOINE DIDIER

Langaa Research & Publishing CIG
Mankon, Bamenda

Publisher:
Langaa RPCIG
Langaa *Research & Publishing Common Initiative Group*
P.O. Box 902 Mankon
Bamenda
North West Region
Cameroon
Langaagrp@gmail.com
www.langaa-rpcig.net

Distributed outside N. America by African Books Collective
orders@africanbookscollective.com
www.africanbookcollective.com

Distributed in N. America by Michigan State University Press
msupress@msu.edu
www.msupress.msu.edu

ISBN: 9956-579-08-4

DISCLAIMER
All views expressed in this publication are those of the author
and do not necessarily reflect the views of Langaa RPCIG

I

Les rayons de soleil pénétraient timidement par les interstices des trous en forme de fenêtres de la grande prison de K... et inondaient paresseusement la cellule N°24 bondée de monde. Ils étaient au nombre de 75, alors que le cagibi n'était en effet destiné qu'à contenir 35 personnes. La chaleur était étouffante dans cette cellule mais ses occupants n'en avaient que cure. C'était des durs à cuire comme on dit. Les rigueurs du milieu carcéral en avaient fait de véritables monstres. Tous et sans exception avaient un casier judiciaire si étoffé que Billy le Kid lui-même en serait jaloux.

Dans cet univers infernal de la prison de K..., il fallait avoir une peau aussi dure qu'un crocodile du Nil pour ne pas y laisser la sienne. La règle d'or ici était, manger avant de se faire manger, tuer, si possible, avant de se faire tuer.

La température montait progressivement au fur et à mesure que le soleil continuait sa course. Elle atteignait parfois les 45° et la plupart des prisonniers de K...étaient bruns de teint, pas parce qu'ils étaient bien traités, mais au contraire. La prison de K...était réputée par sa rigueur et la cruauté de ses gardes. S'y retrouver était le couronnement d'une carrière inégalable. La plupart de ses pensionnaires avaient atteint le palmarès des évasions et seule K...pouvait les contenir. De mémoire d'homme, plutôt de mémoire de bagnard, on n'avait jamais entendu dire qu'un prisonnier s'y était évadé.

Enroulé dans sa couette, Embonda alias Mepimbili alias Cégalo dit M. le Maire, roupillait à quatre poings fermés. On eut dit un touriste dans un hôtel quatre étoiles. Il n'en avait que cure des multiples bruits et activités en développement tout autour de lui. Les autres étaient déjà réveillés et vaquaient à leurs occupations. Mais réellement Cégalo ne dormait pas. Il s'était réveillé depuis quatre heures du matin et avait médité sur son projet. Du fond de sa couverture, il entendait tout ce qui se disait. Par moment il ronflait même, mais ce n'était qu'un subterfuge. Il avait les yeux ouverts et du fond de son vieux pagne crasseux, il pouvait suivre les faits et gestes de ses camarades. Son plan était déjà prêt. Il lui fallait quitter la prison de K.... Sa décision était ferme. Rentrer dans sa ville natale et.... Il n'osait pas penser à la suite. Ce qui était urgent maintenant était partir de cet endroit, et il le fallait au plus vite.

Le bruit des verrous et des chaînes de la porte le décidèrent à se lever enfin. S'étirant de tout son long, il se leva et dressa paresseusement ses un mètre quatre vingt dix de taille.

- « Tu es enfin debout, gaillard», lui dit un de ses camarades.

Cégalo comme d'habitude garda silence. C'était d'ailleurs son habitude. Il n'était pas très loquace.

- « Tout le monde dehors ! », coassa une voix rocailleuse venant de la porte. C'était le garde chargé de la cellule spéciale N°24. Une espèce d'escogriffe dégingandé aux lèvres lippues et puant comme une civette.

Maya était son nom. Il avait été affecté dans ce secteur par mesure disciplinaire et exécutait tant bien que mal sa tache. Le péché mignon de Maya était l'alcool, comme d'ailleurs tous ses collègues de la prison. Mais Maya lui avait une spécialité. Il ne buvait que de « l'odonthol, » sorte de tort boyaux local servant à la fois comme boisson, détergent et liquide inflammable en certaines circonstances. Maya adorait cet élixir des dieux qui coulait dans sa gorge comme du miel. Tous ceux qui lui en offraient devenaient, à leur corps défendant, ses amis. L'apparence de Maya n'était cependant que trompeuse. Ce buveur invétéré avait en effet un cerveau d'éléphant dissimulé dans une carapace qui lui servait de

2

corps et qui, à cause de l'alcool qu'il ingurgitait en cachette, lui donnait l'air d'un zombie. Mais un zombie bien particulier et dangereusement intelligent. Il connaissait tous les 7850 pensionnaires de la prison de K.... Ses collègues le méprisaient froidement, mais ils lui devaient beaucoup de respect, du fait de son ancienneté. Vingt cinq ans au même endroit, et particulièrement dans la prison de K..., c'était énorme. Même le directeur de la prison le respectait malgré tout.

A chaque fois qu'il y avait une visite de la haute hiérarchie, son chef hiérarchique le sollicitait pour son expertise. Il l'aidait à déceler les prisonniers les plus doux et les plus disciplinés, susceptibles de bénéficier d'une remise de peine et d'être resocialisés sans trop de difficultés. Ces soi-disant resocialisés étaient aussi sollicités pour l'exécution de certaines taches lors des grandes cérémonies organisées au sein de la prison. Maya aimait particulièrement ces instants. Après l'odonthol, diriger la chorale était l'une de ses prédilections. Et spécialement quand il fallait exécuter l'hymne national, Maya devenait un roi dans son domaine. Lorsqu'il battait la mesure, ses doigts devenaient comme enchantés. C'était pour lui un moment fantastique. Les durs de la cellule 24 aimaient ces instants aussi. Ils sifflaient et criaient toutes sortes de sornettes à son endroit. Maya était particulièrement exigeant. Chaque prisonnier choisi pour chanter l'hymne devait rester immobile comme un piquet, torse bombé et n'avait pas le droit de bouger, même lorsqu'un scorpion vous traversait le cou. L'exigence de Maya, alias Ambulance, était absurde, ce d'autant plus que lui-même, rongé par l'odonthol, ne parvenait que difficilement à rester immobile. Il souffrait de tremblote, et comme c'était amusant de le voir décrire le bon citoyen chantant le chant patriotique sans bouger...Ses chefs lors de ces occasions retenaient leur souffle et serraient les dents car Maya était un as. Il pouvait arracher le rire même au pape en pleine cérémonie eucharistique. Tellement il avait des tics. Son pantalon deux fois plus ample que lui formait des pinces autour de ses reins et ressemblait plus à un kimono qu'à un vrai pantalon. Ses maigres fessiers n'existaient simplement plus, tellement il était dégingandé. La tenue de service du brave gardien de prison n'était devenue qu'une apparence. Elle était effritée et délavée et semblait avoir été revêtue par toute la garnison de K...

En temps ordinaire, personne ne s'adressait à lui. Tout le monde le méprisait. Non seulement il buvait de l'odonthol, mais il fumait également et se lavait à peine. Divorcé depuis des lustres, Maya ne s'était jamais remarié. Et quelle femme d'ailleurs pouvait encore s'attacher à lui. Il avait fait de la prison sa vie et sa femme. Toute sa vie en effet se réduisait à cet immense pénitencier qu'il connaissait par cœur.

- « Je répète encore, tout le monde debout et dehors ! »

- « Oui, Boss, on a compris. T'a pas besoin de gueuler comme ça. Nous ne sommes plus à la maternelle ici. On a compris ! »

Les locataires de la cellule N°24 étaient tous très dociles, on dirait de petits enfants de chœur. Rarement il y avait des problèmes dans cette cellule. Mais cette douceur et ce calme n'étaient qu'un leurre. La cellule N°24 était en réalité une sorte de marre aux caïmans, une famille de sauriens qui se bouffaient et se déchiraient froidement. Les conflits ici se réglaient entre eux et rarement les gardes y intervenaient. D'ailleurs à l'exception de Maya, la plupart des gardes avaient peur de cette cellule. Ils y venaient toujours en groupe au moins de deux et armés de matraques, de menottes et de gaz lacrymogènes. Maya quant à lui s'y sentait comme un poisson dans l'eau. Ces pensionnaires étaient ses amis. Le trafic du lieu lui profitait et l'on soupçonnait qu'il était lui-même à la tête de beaucoup de combines dans cet univers où l'on se soupçonnait à souhait.

Le dernier des 75 condamnés de la cellule N°24 sortit et les verrous se refermèrent derrière eux. Personne n'avait le droit de rester en cellule. C'était l'heure de la promenade.

Cégalo sortit aussi. Ce matin-là, il était particulièrement froid. Le reflet de ses yeux était effrayant. Il n'avait presque pas dormi. Quelques détails manquaient encore à son plan et c'est maintenant qu'il fallait les compléter.

Les murs de la prison étaient hauts de 15 mètres. Il n'était pas du tout permis de s'asseoir sur les escaliers en forme de gradins longeant ces murs. Mais ce matin-là, Cégalo était décidé de tenter le va – tout. Il lui fallait des détails, notamment repérer l'endroit où les gardes s'attroupaient et savoir exactement combien de personnes pouvaient tenir dans un mirador. La prison de K…était une forteresse. Chaque coin était flanqué d'un mirador et il y en avait quatre au total. Les hauts murs étaient entourés de fils barbelés traversés par un courant de haute tension de 1000volts. Tout contact avec ces fils signifiait un arrêt de mort. Même les coupures à répétition d'électricité qui étaient chroniques dans la ville n'affectaient en rien la sécurité du pénitencier. L'établissement avait son propre groupe électrogène.

Cégalo feignit de se courber pour ramasser quelque chose et finalement, s'assit sur les marches en forme d'escalier et fit semblant de dormir. Il avait les yeux à demi ouverts et scrutait tel un prédateur, le long et haut mur peint en jaune qui se perdait dans des champs de bananiers. Il faillit même à un moment attraper des vertiges et fit semblant de vaciller, comme s'il voulait tomber. Tous ses faits et gestes en réalité étaient mécaniquement calculés. Sortant de sa poche un mouchoir dans lequel il avait enroulé un bout de bâton de manioc, il le lança de toutes ses forces vers les fils de haute tension puis s'éloigna brusquement de l'endroit. Ce fut des crépitements d'étincelles. Le mouchoir flamba aussitôt comme une torche.

C'était donc vrai, se dit-il. Il venait d'avoir là la certitude sur un point qui l'agaçait. Un de ses amis lui avait murmuré qu'il était bien possible de créer un court circuit de quelques minutes, au cas où un objet touchait pendant quelques instants seulement les fils de courant et les barbelés cernant la prison.

A peine s'était-il éloigné de l'endroit où il était assis que l'incident se produisit. Le contact avec le mouchoir qu'il avait projeté avait eu de l'effet. Le courant s'était instantanément interrompu pendant un instant. Une sirène stridente se déclencha aussitôt. Le garde en service dans la salle où était le groupe électrogène sursauta et s'empara de son fusil galline qu'il avait posé contre le mur et sortit aux pas de courses, prêt à faire feu.

Dans le groupe des prisonniers, aucun mouvement suspect n'était perceptible. Ils déambulaient paisiblement, on eu dit un groupe de moines en quête d'inspiration. Chez les gardes par contre, c'était le branle-bas.

« - Allez, tout le monde dedans et vite ! », cria une voix dure dans le haut parleur venant d'un mirador. Le courant électrique était revenu entre temps. Des gardes armés jusqu'aux dents encerclaient maintenant le groupe des prisonniers. L'atmosphère s'était brusquement électrisée. Le doigt sur la gâchette, les hommes en tenue étaient prêts à faire feu tout autour d'eux. Un carnage semblait réellement se préparer. Tels un troupeau de buffles nonchalamment dangereux, les prisonniers commencèrent à refluer vers la porte d'entrée menant dans les cellules. Des silhouettes tantôt dégingandées, tantôt balourdes, tantôt trapues et énormes, telles une houle mortelle, faisaient docilement mouvement vers la porte d'entrée.

Cégalo observait calmement les mouvements dans les deux miradors surplombant le côté ouest de la prison et qui donnait sur le champ de bananiers. Deux mitraillettes lourdes s'étaient automatiquement pointées vers l'endroit qu'il venait de quitter, prêtes à cracher du plomb chaud. Le soleil lui renvoya le reflet du métal de la mitraillette dans les yeux. Son pouls s'était accéléré d'un cran, mais il gardait son sang froid.

- « Tout le monde dans le mitard et vite, je le répète, allez ouste, on se dépêche ! »

Au moment où la porte se refermait sur le dernier prisonnier, Cégalo jeta un dernier regard furtif vers l'endroit où il s'était retrouvé. Il eut le temps de voir des gardes qui y convergeaient. L'alerte avait été donnée. Les gardes sortaient de leurs bureaux et convergeaient lentement vers l'endroit d'où s'était produit le court circuit. Ceux du haut du mirador avaient presque observé la scène mais ils ne pouvaient exactement repérer celui qui avait causé l'incident. Cégalo s'était fondu dans la masse, évitant de se mêler au groupe des durs de sa cellule. Il savait bien que les enquêtes convergeraient tôt ou tard vers eux.

Les prisonniers se mirent à rentrer en silence dans leurs cellules sous l'œil vigilent des deux gardes qui se tenaient de part et d'autre du portail central donnant accès au sas de sécurité menant vers les différents quartiers de l'établissement. Ces deux là étaient en effet des experts en scrutation. Lorsque Cégalo s'avança pour passer, collé à un prisonnier balourd qui marchait devant lui, il sentit le regard du garde posé sur lui. Pendant un moment, son cœur faillit s'arrêter. Il ne regardait pas l'homme, mais il sentait pesé sur lui comme un poids, ce regard habitué à déceler les suspects. Enfin l'homme détourna son regard et continua à scruter les autres prisonniers qui entraient lentement. Il put enfin respirer librement mais il savait que ce n'était que parti remise.

Arrivé dans sa cellule, il changea aussitôt ses habits et mit un pantalon jeans avec une chemise en coton à longues manches, puis s'assit sur son matelas.

- « Que s'est-il donc passé, les gars ? », demanda une voix venant du fond de la cellule.

- « On nous a coupé la ballade sans cause, c'est pas possible. Ces gardiens sont fous ou quoi ? », ajouta une autre voix.

- « Quelqu'un a foiré, je le sens. Moi j'ai vu une flamme sortant des câbles électriques. »

- « Tu rêves ou quoi, une flamme ? Tu as encore tiré sur tes herbes, dis donc ! Tu as vu quelle flamme ? »

Les deux qui parlaient étaient des jeunes, nouvellement arrivés dans la cellule. Ils se mirent à un moment à se disputer, chacun prétextant avoir vu ce que l'autre n'avait pas vu. Le bruit de la porte brutalement ouverte les arrêta net dans leur joute.

Deux gardes armés de fusils gallines se tenaient à la porte et sans mot dire, scrutaient chaque prisonnier.

Cet incident était assez rare. En dehors des coupures répétées de la société d'électricité qui venait d'être privatisée par les pouvoirs publics, les courts circuits étaient assez rares. Et les gardes n'étaient pas dupes. Une fois tous les prisonniers rentrés, le directeur de l'établissement avait aussitôt convoqué une réunion de crise pour tabler sur les causes et les origines de l'incident en question. Chacun devait dire ce qu'il avait remarqué. Il avait été décidé qu'une ronde soit faite immédiatement dans les cellules, question d'avoir le cœur net et de surprendre si possible quelques indiscrétions. Silencieux telles des ombres de la nuit, les deux hommes, armes au poing et le doit sur la gâchette continuaient à scruter sans mot dire, les durs de la cellule N° 24. Le silence était à couper au couteau. Il fallait intimider à souhait toute âme habitée par certaines velléités.

- « Toi, viens ici ! ».

Personne ne bougea. Tous les regards se dirigèrent vers les deux hommes, interrogateurs à souhait.

- « Ces deux connards pour qui se prennent-ils. Nous ne sommes pas des bébés ici ! », murmura une voix.

Les braves de la cellule N° 24 connaissaient la musique. Cette méthode d'interpellation par l'anonymat était récurrente dans le milieu. Le premier en effet à se lever était purement et simplement emmené et mis en cellule disciplinaire et n'en ressortait qu'après avoir craché le morceau, et au prix de tortures indicibles. La même question était en train d'être posée dans les autres cellules. Les gardes avaient opté pour cette méthode, question de voir les réactions. Les ou le suspect réagiraient sans doute, c'est du moins ce qu'espéraient les gardiens. Personne ne bougea. Le silence était total.

Cégalo était toujours assis sur son matelas, immobile à souhait et donnant l'impression d'être très loin de ce qui se passait autour de lui. Il ressassait ce qui venait de se passer. Le rêve qu'il avait fait dans la nuit hantait encore son esprit. Il était vraiment intrigué. Depuis qu'il était dans cette prison, il n'avait jamais rêvé de manière aussi claire de sa grand-mère décédée. Celle-ci lui était apparut dans son sommeil. Il voulait du moins se persuader qu'il s'agissait bien d'un sommeil. Elle lui annonçait qu'elle était venue le chercher et l'attendait au village. C'était pendant qu'il sommeillait, comme s'il était éveillé. Lorsqu'il revint en lui, il s'était rendu compte qu'il faisait déjà jour. Ce rêve l'avait vraiment laissé perplexe. Depuis qu'il s'était réveillé, la voix de sa grand-mère résonnait au fond de lui comme un gong. C'était impératif en lui et il ne pouvait plus se retenir. Il s'était donc résolu à tenter l'impossible pour quitter cette terrible prison.

- « Pour la dernière fois je répète, viens ici et maintenant ! »

A qui s'adressait –on exactement, se demandèrent intérieurement encore quelques durs de la cellule N° 24. Cette insistance commençait cependant à agacer certains et finalement l'un d'eux, nommé Malapa, leva le doigt et osa demander :

- « Mais chef, vous vous adressez à qui au juste ? »

- « Silence, ce n'est pas toi, tais-toi ! »

Malapa, était en effet le chef de la cellule et il voulait parler au nom de tous ses camarades. Il avait cette autorité auprès d'eux et l'avait souvent bien exercée à des circonstances précises. Par exemple quand les deux jeunes pensionnaires, ceux qui se disputaient au moment où les deux gardes arrivaient, avaient nouvellement fait leur entrée dans la cellule. Ils avaient été, à cause de leur témérité, contraints de vider la poubelle qui n'était autre chose que le demi fût dans lequel les prisonniers de la cellule N° 24 déféquaient. Ce jour là, la fameuse poubelle était pleine depuis des semaines et l'odeur était simplement épouvantable. C'était comme cela que les prisonniers de la prison de K...procédaient. Ils collectaient leurs déchets pendant une à deux semaines, attendant qu'un nouveau venu vienne pour faire les frais de cette macabre corvée.

Les deux jeunes avaient été obligés de force de fouiller dans la merde les deux pièces de 500fcfa qu'ils avaient payé comme droit de cellule auprès du chef. Ce dernier sadiquement les y avait jeté, puis les avait obliger de les fouiller avec leurs mains pour les lui remettre. C'était indescriptible. Les asticots s'étaient formés là-dedans et malgré les protestations des deux nouveaux venus, Malapa et les autres étaient restés imperturbables. Les mains plongés dans la merde jusqu'aux coudes, les deux gamins de 15 et de 17 ans étaient tout en larmes.

- « Fouillez et ramenez-moi cet argent, ah, ah ! », avait-il ricané. Et pendant qu'ils pétrissaient la croûte de merde, les autres prisonniers les regardaient avec indifférence et certains pouffaient même parfois de rire. L'odeur insupportable devenait intolérable pour des narines peu habituées. Mais les durs du N° 24 restaient impassibles. Les mouches s'étaient mêlées à la dense et finalement, n'en pouvant plus, les deux jeunes pensionnaires se rétractèrent et tombèrent sur leurs genoux et se mirent à implorer la magnanimité de Malapa, leur sbire.

Les deux gardes debout à la porte s'avancèrent d'un pas dans la cellule, la main posée calmement sur leur fusil, scrutant chaque visage tour à tour. Cégalo était toujours assis sur son matelas, l'air apparemment perdu. Les souvenirs du rêve qu'il avait fait dans la nuit continuaient à le hanter. Cette personne qui avait le visage de sa grand-mère l'avait clairement appelée par son nom d'enfance : papa Dess. Cela ne pouvait que venir d'elle. Ça, Cégalo en était sûr. Il ne pouvait en être autrement. Les paroles de la vieille femme avaient résonné comme des glas. Cégalo se souvenait de la suite :

- « Tu dois revenir au village avant que je ne meure, papa Dess., papa Dess.… ! »

Cégalo ne pouvait plus faire marche arrière. Il devait revenir au village et pour cela il était prêt à tout.

Les deux gardes achevèrent leur inspection et les verrous claquèrent de nouveau, la porte blindée en fer s'était refermée.

La tension baissa peu à peu dans la cellule et la vie reprit. Les deux jeunes qui se chamaillaient avant l'arrivée des gardes s'assirent sur leur lit.

Cégalo continuait à rester immobile. Le chef Malapa s'approcha de lui et d'un air soupçonneux chercha son regard.

- « Que fais-tu, gars, tu es malade ? », demanda-t-il. Silence. Cégalo continuait sa rêverie apparente et faisait semblant de ne rien comprendre.

- « Je te demande si tu es malade et… ». Cette fois-ci Cégalo ne se retint plus.

-   « Et alors ? Fiche-moi la paix », répondit-il. Les autres observaient la scène, préférant se tenir à bonne distance. Malapa certes était leur chef auto proclamé mais, dans cette cellule, Cégalo intriguait tout le monde. Même Malapa par moment avait peur de lui. Il préférait toujours l'avoir de son côté pour ne pas avoir à l'affronter. Il renonça finalement et revint sur sa couche. Pour Cégalo, chaque minute qui passait le rapprochait du moment ultime. Il avait décidé de tenter le coup. Le rendez-vous avec les autres avait lieu à trois heures du matin. Il n'était pas seul dans ce coup-là. Deux autres prisonniers d'une cellule voisine avaient observé ses manières lors de la promenade et s'étaient immédiatement rapprochés de lui. C'est d'ailleurs ce qui permit à Cégalo de faire diversion et d'échapper à la vigilance des gardes perchés sur le mirador. La conversation avec ces deux-là n'avait pas duré. Quelques secondes. Ils n'avaient d'ailleurs pas parlé. Juste un échange de gestes avait suffi à nouer le contact et à permettre à chacun de savoir ce qui se tramait dans la tête de l'autre. Cégalo avait discrètement levé trois doigts. Les autres avaient aussitôt compris. Ils étaient donc trois à vouloir tenter la terrible et mortelle aventure.

De mémoire de prisonnier, on n'avait jamais entendu dire qu'il y avait eu évasion dans cette prison. K…était imprenable et toutes tentatives d'évasion s'étaient jusqu'alors avérées stériles.

Le signal convenu était trois coups espacés d'une minute chacun contre la porte de la cellule. Cégalo lui ne pouvait pas émettre ce signal de peur d'attirer l'attention des autres qui n'étaient pas des novices en la matière.

La montre indiquait maintenant 18 heures du soir et à 19 heures il y aurait le repas du soir, le fameux Nkissi, sorte de mélange à base de maïs, de farine et de résidus de poisson sec. Les prisonniers en mangeaient malgré eux. Les nantis, ceux qui avaient assez de moyens, n'en consommaient pas, préférant faire leur propre cuisine. D'autres par contre recevaient la ration alimentaire de leurs familles. Cégalo quant à lui n'avait personne dans la ville et ne s'attendait pour cela à aucune ration alimentaire venant de l'extérieur. Le Nkissi était donc sa seule source d'alimentation. Il était même arrivé des fois qu'il attrape des souris pour pouvoir survivre. Cela s'était produit deux à trois fois. Il avait été enfermé dans la cellule disciplinaire et n'ayant personne pour le nourrir, il avait fini par jeter son dévolu sur ces bestioles qui pullulaient dans toute la prison et dans cette cellule où il avait passé une semaine épouvantable. N'ayant pas de feu, il les avait mangé crue. C'était un supplice au départ, mais à la fin, la rage de vivre avait fini par avoir le dessus sur sa répugnance, si bien qu'à la fin, ce repas était devenu délicieux.

Il se leva de sa couche qu'il n'avait pas quittée de la journée et se dirigea, tel un somnambule, vers le réfectoire. Il s'assit à une table où il n'y avait personne. Il savait bien ce qu'il faisait. Ses yeux d'aigle avaient fait le tour de la cantine. Aucun de ses deux complices n'étaient en vue et il savait dans son for intérieur que les deux viendraient le retrouver ici. Ceux-ci ne tardèrent pas en effet. Ils s'assirent, pendant que Cégalo, les yeux baissés, faisait semblant de se concentrer sur sa gamelle de soupe. Levant enfin les yeux, il reconnut le maigre visage de l'un de ses complices. Un léger sourire illumina les yeux de ce dernier, mais Cégalo resta de marbre. Il ne voulait rien risquer. Les retournements de vestes ici à la prison de K…étaient monnaie courante. Et il n'était même pas exclu que ses deux collatéraux ne soient que des lampistes envoyés à ses trousses par l'administration pour l'espionner. Les gardes sur le mirador l'avaient peut-être remarqué et il ne voulait pas pour cela faire foirer son plan. Tout était possible ici et seuls les prudents vivaient longtemps. Un troisième larron vint s'asseoir avec eux, mais ce n'était pas leur homme et la chose devenait un peu plus compliquée. Après une dizaine de minutes, un jeune homme d'une trentaine d'année fit enfin son entrée et vint s'asseoir à côté de Cégalo. C'était le troisième du groupe. Personne n'osait parler ni regarder l'autre. Or il fallait quand même causer un peu. Il y avait encore quelques détails à régler tels, qui apporterait le morceau d'étoffe, qui se chargerait du caoutchouc pour isoler les mains malgré le court circuit qui devait se produire après que l'un d'eux ait lancé le morceau d'étoffe sur les fils. Une pince coupante était aussi nécessaire. Mais à cause de cet autre assis avec eux, la chose était devenue compliquée et même risquée. Finalement ce dernier se leva et les trois poussèrent intérieurement un ouf de soulagement.

- « Ce soir, trois heures du matin…, dit Cégalo dans un souffle. »

- « Oui ! répondirent les deux autres en chœur. »

- « Moi j'ai les pinces ! Déclara furtivement le plus jeune d'entre eux. »

- « J'ai l'étoffe », annonça Cégalo tout en avalant une gorgée de Nkissi. Il se leva et déclara à voix basse.

- « C'est bon ! ». Sans se retourner, il se dirigea vers la porte de sortie, au moment où une voie atone annonçait la fin du repas. Les deux autres n'eurent que le temps d'avaler le breuvage infect et se levèrent à leur tour.

II

Il devait être une heure du matin, mais quelques bruits sourds étaient cependant encore perceptibles. La prison de K…avait un défaut au niveau de la dalle. Celle-ci laissait filtrer les bruits de telle sorte que les pensionnaires de l'étage inférieur recevaient l'écho de tous les bruits venant de l'étage supérieur. Et cette nuit était particulièrement bruyante. C'était comme si ceux d'en haut savaient ce qui se tramait ? C'était un bal incessant de toutes sortes de craquements. La cellule N° 24 se trouvait en bas et Cégalo ne pouvait pas fermer l'œil. Il ne le pouvait d'ailleurs pas, son cerveau tournait de puis deux jours comme une turbine. Et cette nuit était la dernière qu'il passait ici. Il le savait dans son for intérieur. Le plus dur restait à savoir comment arriver à ouvrir la porte de leur cellule sans attirer l'attention de ses collègues. La porte de la cellule n° 24 donnait en effet directement sur le portail qui communiquait avec la Promenade. Ce portail servait aussi de passage pour aller aux toilettes. Et Cégalo avait bien sa petite idée là-dessus. Il avait déjà eu l'occasion de l'expérimenter et le garde en fraction l'avait laissé passer sans trop de soupçons. Les gardes savaient en effet qu'il n'avait pas de famille dans la ville et mangeait régulièrement le Nkissi. Plusieurs fois il avait été interné à l'hôpital à cause des diarrhées répétées. Les gardes étaient donc un peu habitués à le voir sortir de nuit pour aller aux toilettes.

Cette nuit en effet était sombre. Le ciel était d'encre, pas la moindre étoile. Des grondements sourds et lointains semblaient annoncer une pluie. Les averses tropicales nocturnes étaient régulières en ce mois finissant d'octobre et Cégalo comptait sur la conjugaison tous ces éléments pour la réussite de son plan. Les deux autres complices ne comptaient pas pour lui. Il ne pensait en effet qu'à lui-même. La voix résonnait encore dans sa tête.

- Tu dois revenir au village ! Avait-elle dit. Le visage de sa grand-mère lui était apparu clairement. C'était bien elle, il en était plus que convaincu et ne pouvait nullement se tromper. Quelque chose le tracassait cependant. C'était une question qui revenait en permanence. Que pouvait-il bien se passer au village. Depuis qu'il était ici, personne des siens ne lui avait jamais rendu visite. Certains croyaient sans doute qu'il était mort. Et comment se faisait-il donc qu'après tant d'années passées dans ce pénitencier, ce ne soit que maintenant que sa grand-mère vienne lui parler. Parler, ce ne pouvait être que cela car il ne savait comment exprimer ce qu'il ressentait.

Se levant en silence, il tata ses poches et glissa, tel un Sioux, vers la porte. Un dernier coup d'œil circulaire dans la cellule lui permit de comprendre que tout allait bien. Tous dormaient et des ronflements venant des couches diverses finirent de le rassurer. Il inséra le petit tournevis dans le trou de la grosse serrure et celle-ci, bien huilée, céda sans le moindre grincement. Il avait pris soin de verser quelques gouttes d'huile de sardine sur les pommelles et la serrure de la porte. Retenant son souffle, il jeta un dernier coup d'œil vers son lit vide et, comme un félin, se glissa à pas feutrés dans le couloir. IL se dirigea vers les toilettes, suivant scrupuleusement le plan qu'il avait concocté avec ses autres collègues. Arrivé devant le portail séparant les toilettes et la cabine du gardien, les battements de son cœur s'accélérèrent. Il respira profondément et prenant son courage, il toucha le portail comme d'habitude. Un grattement suffit à réveiller le garde qui ne dormait que d'un œil.

-   « Qui va là ? », grommela une voix. Cégalo sourit un tout petit peu. Il avait de la chance. C'était le vieux Maya qui était de garde.

-   « C'est moi, Cégalo. »

Il se tut. Sa tactique était simple, amener Maya à quitter sa cabine pour qu'il se rende effectivement compte qu'il était mal en point.

- « Qu'y a-t-il encore, hier soir tu n'as pas manger le Nkissi, et où vas-tu maintenant ? »

Tous les pensionnaires du rez- de chaussée connaissaient son allergie. Mais il faut reconnaître qu'il avait bien su jouer son rôle. Les effets du Nkissi n'étaient pas aussi virulents qu'il l'avait laissé croire jusqu'alors. Cela participait de son plan qu'il avait préparé depuis le jour de son entrée dans cette prison. Ses multiples va et viens lui avaient permis de déceler les points faibles du système de sécurité du quartier où lui et ses autres collègues restés dans la cellule N° 24 étaient logés. Et c'est maintenant qu'il fallait jouer le va-tout. Mettre en application les précieux détails et informations récoltés au fil des jours. Le bruit des bottes lui permit de comprendre ce qui se passait. Maya venait de sauter de son lit et se dirigeait vers lui. Cégalo se cassa en deux, tenant son ventre à deux mains et feignant d'avoir mal au ventre. Il se mit à haleter et à pousser de petits cris.

- « Aïe, aïe, aïe ! »

- « Oui, c'est ça. Maintenant tu veux déjà accoucher. Tu ne meurs pas une fois », grommela le vieux garde éthylique. Il n'aimait pas du tout cela. Certains prisonniers avaient déjà voulu s'évader en adoptant cette tactique-là. Maya les avaient neutralisé assez facilement et depuis lors, il n'aimait pas ces soi- disants malades de nuit. Le cas de Cégalo était cependant un peu particulier. Lui et Maya étaient de bons amis et jamais il ne s'était écarté du règlement intérieur de la prison et c'est pourquoi le vieux gardien lui faisait un peu confiance. La clé se glissa dans la serrure du gros cadenas et coulissa rapidement.

- « Tu en as pour quelques minutes ; on se dépêche et je te recommande de tout chier maintenant, sinon... »

C'était toujours la même chanson. Cégalo se glissa à travers le portail légèrement entrebâillé et fit semblant de se diriger vers les toilettes, serrant toujours son ventre à deux mains. Maya se retourna pour refermer le cadenas et c'est alors que, comme un lion, Cégalo, alias Embonda, alias Monsieur le maire bondit. Il détendit son bras avec une rapidité foudroyante et assomma le gardien. Surpris, l'homme voulut se retourner et c'est alors que Cégalo le frappa sous la gorge, au niveau de la pomme d'Adam. Il lui décocha un autre coup au bas ventre, visant directement dans les bijoux de famille. C'en était trop pour le vieux fonctionnaire. Le pauvre ouvrit largement la bouche, tétanisé par la douleur, mais aucun son n'en sortit. Au moment où il allait s'abattre de tout son long sur le sol de ciment crasseux, Cégalo le recueillit sur ses mains et le tira directement dans sa cabine. Il ferma ensuite le portail et empocha les clés. Le temps que l'on découvre la chose et trouve d'autres clés, il serait déjà bien loin. Bondissant comme une antilope, le jeune brigand se retrouva au bord du mûr, sous le mirador. Maintenant il fallait faire vite et pourvu qu'aucun prisonnier de la cellule N° 24 ne se réveille pour aller aux toilettes. Il jeta un coup d'œil vers le mirador. Tout était calme. Le bruit sourd des bottes lui permit de comprendre que le garde là haut faisait bel et bien sa ronde. Ce mirador était carré et le garde, armé d'une mitraillette tournait en rond comme un lion en cage, prêt à faire feu à tout moment. C'était maintenant ou jamais. Cégalo sortit l'étoffe et se banda les mains. Le fil de haute tension n'était qu'à un mètre de lui et il fallait faire vite. Le projecteur giratoire balayait l'intérieur et l'extérieur de l'endroit à intervalle régulier. Lui avait cependant fait ses calculs. Du fond de sa cellule, il avait eu le loisir de calculer le temps entre les différentes rotations du jet de lumière. Moins d'une minute, et c'est là qu'il fallait agir. Ses chances de réussite étaient bien minces. Ses camarades ne se manifestaient toujours pas. L'un deux était chargé d'apporter un bout de câble comme convenu. Il entendit soudainement comme un glissement et se retourna en bloc, prêt à tuer.

- « C'est moi gars », souffla une voix. C'était l'un de ses compagnons.

- « Où est Bohito ? » Demanda-t-il ?

- « Il ne viendra pas, je ne sais pas… »

A peine avait –il finit de parler que le nommé Bohito apparut, tremblant comme une feuille.

- « Espèce d'abruti, gronda Cégalo. »

- « Fils de … »

Il n'eut pas le temps de finir sa phrase. Un autre glissement furtif se fit perceptible non loin de l'endroit où ils étaient. Deux autres prisonniers firent leur apparition. Cégalo était estomaqué. Il voulait de nouveau ouvrir la bouche, mais Bohito le devança.

- « Ils m'ont surpris au moment où je ressortais des toilettes et… »

- « J'avais bien dit que tu étais un poisseux, et voilà… »

Le jet de lumière venant du mirador le ramena à la réalité. Il était en train de foutre son plan en l'air. Ce n'était ni le moment, ni l'heure indiqués pour un quelconque règlement de comptes. Il fallait maintenant agir au plus vite. La montre à son poignet indiquait une heure quinze minutes. Cela faisait maintenant quinze minutes, depuis qu'il avait assommé le garde Maya et cela n'allait plus tarder. L'équipe de contrôle faisait la ronde à deux heures trente minutes.

- « Tu as le matériel ? », demanda-t-il à Bohito.

Ce dernier opina de la tête. Surpris, les deux autres prisonniers imprévus restaient silencieux, ils ne savaient quoi dire. Leur curiosité les avait mené trop loin et maintenant il était trop tard, ils ne pouvaient plus reculer. Revenir en arrière signifiait pour eux signer leur propre arrêt de mort. Mais continuer aussi ne le signifiait pas moins. C'était tout aussi suicidaire. Les gardiens perchés sur le mirador avaient ordre de tirer sans sommation. Devant eux il y avait les quinze mètres des hauts murs de sécurité à franchir, à sauter. Cégalo donna le signe de départ.

- « Dès que la lumière passe, souffla-t-il, allez… chacun pour soi. »

A peine avait-il fini de parler qu'il lança le bout de câble contre les fils barbelés cernant le haut de l'enceinte. C'était insensé. Ces fils étaient parcourus d'un courant électrique de 1000 volts. L'effet escompté se reproduisit. Une étincelle jaillit, suivi d'un court circuit. Le pénitencier se retrouva plongé dans le noir et sans plus attendre, Cégalo et le reste de la meute s'élancèrent. Ils n'avaient que quelques minutes devant eux. La chute fit terrible. A peine avaient-il atterri que des coups de feu partirent du haut. La mitraillette se mit à cracher du feu. C'était l'apocalypse. Couchés sous les bananiers, Cégalo et les autres attendaient l'accalmie. Des balles pleuvaient de partout. Cégalo n'attendit pas la fin des détonations, il se leva et fonça comme un rhinocéros en rut, ne sachant pas trop où il allait. Il fallait s'éloigner d'urgence de cet enfer. Fonçant à travers les champs des bananiers, il courait de toutes ses forces. Les ronces et les épines fouettaient son visage, mais il ne ressentait rien. Les détonations venaient de cesser et une sirène retentit, donnant l'alerte générale. Dans la prison c'était le branle-bas. Une voix se mit à donner des ordres dans le haut-parleur. Cégalo connaissait un peu la topographie des lieux. Du haut de la prison, il avait quelquefois admiré le paysage alentour. Le secteur le plus dangereux était le côté ouest, constitué de marécages et où grouillaient toutes espèces d'animaux. Certains commentaires recueillis çà et là faisaient en effet état de mille légendes entourant le pénitencier de K… L'on prétendait que les autorités carcérales élevaient des serpents très venimeux dans ces marécages. Après des minutes interminables d'une course folle, il tomba dans un fourré d'épineux et resta immobile, soufflant comme un phoque. Il écoutait maintenant les bruits au loin et crut entendre comme des aboiements de chiens. Se levant d'un bon, il se remit à courir, ne sachant toujours pas où il allait. Les aboiements semblaient se rapprocher rapidement de l'endroit où il était. N'en pouvant plus, il se laissa tomber de nouveau dans un taillis. Quelle heure pouvait-il être ? Il n'avait plus de montre autour de son poignet. Celle-ci était certainement tombée quelque part. Peu importe. Pour le moment il était bel et bien vivant et hors de la prison, c'est ce qui le réconforta. D'ailleurs cette montre ne lui appartenait pas. Le chef Malapa se rendrait bien vite compte que l'objet de sa fierté là-bas dans la prison K... avait disparu. Il était en somme l'un des rares à en arborer et ceci sous la barbe et le nez des gardiens. Ceux-ci lui devaient bien cela, puisqu'il leur rendait énormément service

III

Cégalo ne sut pas combien de temps il avait passé là, allongé sous ce taillis. Il se souvenait vaguement de ces aboiements de chiens qui l'avaient effrayé avant qu'il ne s'endorme. La fatigue avait fini par avoir le dessus sur lui et il s'était finalement endormi, assommé de fatigue. Il se réveilla en sursaut, comme si quelqu'un avait touché son bras. Prêt à bondir, il ne vit personne mais une sensation de froid presque glacial étreignait son pied. Il le secoua comme pour se débarrasser de cette sensation qui pesait lourdement au niveau de sa cheville. C'est alors qu'il se rendit effectivement compte de ce qui se passait. Dans son sommeil, un reptile s'était enroulé autour de son pied, confondant sans doute son pied à une branche d'arbre. Un frisson d'effroi parcourut son corps tout entier et rassemblant tout son courage, il secoua vigoureusement le pied. Surpris, le reptile glissa et tomba lourdement au sol. C'était un serpent de couleur noir, apparemment une couleuvre de près de deux mètres de long. Le cœur battant à tout rompre, il fit un saut de côté et s'éloigna immédiatement de là. Il avait eut la vie sauve. Les couleuvres, ça il le savait, ne mordaient pas. Il tenait cette information de son père. Un jour qu'il était allé au champ avec ce dernier, il s'était retrouvé face à face avec un gros serpent noir. Son cri strident avait alerté son père. Bondissant comme un gladiateur, il était venu à sa rescousse et armé d'un gourdin, il avait mis le reptile hors d'état de nuire.

- « Ce n'est qu'une couleuvre », avait-il simplement dit. Il lui expliqua par la suite que les couleuvres ne mordaient pas. Elles savaient seulement s'attaquer aux poules, mais jamais à l'être humain. Mais la sensation que Cégalo avait ressenti au contact avec le serpent continuait à lui donner des sueurs froides. Il avait bien retenu la leçon de Théo son père, mais il ne pouvait imaginer qu'il se retrouverait un jour avec une couleuvre enroulée autour du pied. Même son père, aussi téméraire qu'il était, n'aurait certainement pas mieux fait que lui.

Le soleil semblait déjà être au zénith car il faisait très chaud. Il n'entendait aucun chant d'oiseaux. L'endroit était plutôt étrangement calme. Il se remit à marcher, suivant les bruits sourds de la circulation qu'il percevait de loin. En reprenant ses esprits, son instinct se remis à fonctionner aussi. Il commençait à avoir faim, mais ce n'était pas le plus urgent. Ce qu'il avait à faire maintenant était simple, s'éloigner rapidement de cette zone dangereuse. Les gendarmes s'étaient sans doute déjà mis à leur recherche. L'ordre avait aussi été certainement donné de tirer sans sommation. On les voulait, lui et ses amis, morts ou vifs. Où pouvaient-ils bien être, ceux –là ? Cégalo chassa cette idée en écartant une corde épineuse qui lui barrait la voie. Il n'était pas responsable de ses camarades.

Il marchait avec précaution, évitant de faire le moins de bruits possibles. Les bruits des moteurs se rapprochaient maintenant de plus en plus et il comprit que la route n'était plus loin. Le plus dur commençait maintenant. Il lui fallait traverser toute la ville afin de rejoindre la route principale qui menait vers la ville voisine. Cela était hautement risqué que de se déplacer en plein jour. Il avait eu le temps de réfléchir et se souvenait encore des récits de son enfance. Jadis on lui avait raconté qu'il avait des cousins qui vivaient dans cette ville qu'il ne connaissait pas. Le seul endroit connu de lui était l'espace de la prison et plus précisément la cellule N°24. Or maintenant qu'il était dehors, il lui fallait retrouver le quartier et la maison où vivaient ses frères. L'un d'eux étaient étudiants à l'université et c'est ce qui l'avait fasciné le plus. Son père Théo l'avait jadis plus d'une fois menacé de l'expulser et de l'éloigner de lui. Ne supportant pas ses frasques, il lui répétait régulièrement qu'il l'enverrait un jour chez ses frères, à la capitale et là-bas il deviendrait ce qu'il deviendrait. Cégalo avait alors secrètement nourri le désir de les retrouver là-bas, mais il ne pouvait jadis alors s'imaginer qu'il se retrouverait en prison dans cette grande ville et chercherait à retrouver ses frères en pareilles circonstances. Vraiment étrange. Où pouvait-il recueillir la précieuse information. Ne pouvant continuer à marcher dans la brousse comme il le faisait depuis son évasion, il se résolut de tenter le va-tout. Retrouver le quartier et la maison de ses frères était vital. Sortir de cet endroit sans attirer l'attention était aussi dangereux, mais il n'avait pas de choix, s'il voulait rester en vie.

Il déboucha enfin dans une sorte de no mans land. Devant lui il y avait une route qui coupait la brousse en deux. Pour rejoindre l'autre côté il fallait se dévoiler, c'est-à-dire traverser la route à visage découvert puis continuer à marcher comme il le faisait depuis la nuit. Ses vêtements déchirés lui donnaient maintenant l'air d'un fou et c'est ce qu'il se décida d'exploiter justement.

Il sortit du fourré où il était et se mit à ramasser les bouts de papier qui jonchaient l'endroit. C'était en effet une grande poubelle. Il s'y assit et se prit la tête entre les deux mains. A peine s'était-il assis qu'il entendit des voix. Son cœur se mit à battre la chamade. Il se sentait aussi vulnérable qu'un moustique. C'était des petits enfants qui venaient vider leurs sceaux de poubelle. Ceux-ci ne lui accordèrent pas le moindre regard, habitués comme ils étaient à voir des fous. La ville en regorgeait d'ailleurs. L'on racontait de façon anecdotique que certaines familles incapables de prendre en charge leurs malades mentaux, attendaient souvent la saison sèche pour les lâcher le long des routes menant vers les grandes villes du pays. Cette opération, disait-on, se passait souvent de nuit de telle sorte que le matin, les automobilistes les rencontraient, errant le long des chaussées. Ceci demeurait de la pure rumeur, mais chacun voulait y apporter du crédit à ce qu'il racontait et apportait pour cela les détails les plus précis possibles pour rendre son récit le plus crédible que possible. Les deux enfants vidèrent leurs sceaux et repartirent comme ils étaient arrivés. Pendant tout le temps qu'avait duré leur manœuvre, Cégalo les épiaient de coin de l'œil, prêt à bondir comme un lion. Il se leva enfin de l'endroit où il était et se remit à marcher mais cette fois-ci le long de la route. Puisqu'il s'était déguisé en fou, il ne pouvait plus en effet demander le moindre renseignement logique possible, au risque d'éveiller les soupçons. Il se mit à suivre la grande route qui déroulait ses artères devant lui. Les multiples taxis couleur jaune le dépassaient en trombe, klaxonnant sans retenue et pressés de retrouver les clients postés le long des trottoirs qui ne désemplissaient pas. Sous ses apparences de fou, se cachait en somme l'un des plus dangereux brigands que la prison de K…ait hébergé. Il venait d'ailleurs là de prouver de quoi il était capable. Il s'était évadé de cet endroit, chose impossible à imaginer au départ. Lui, Embonda, alias Cégalo, alias Monsieur le Maire dit Président, restait fidèle et égal à lui-même.

L'alerte avait été lancée quelques minutes après la spectaculaire évasion et la ville grouillait de policiers, de gendarmes et même de militaires. Il continuait sa marche, affichant par moment des airs de pure démence, surtout lorsqu'il devait traverser un carrefour où étaient postés des hommes en tenues. Tout en marchant, il jetait des coups d'œil sur les panneaux et les enseignes des bars dont la ville regorgeait, espérant lire une information qui l'aiderait à s'orienter. La grande richesse de cette ville était les bistrots et les bars. Ils arboraient fièrement leurs enseignes d'où l'on pouvait lire des noms de toutes sortes. Eldorado, Dernier Point, Au coin 24 etc. Ce dernier nom rappela à Cégalo le souvenir inoubliable de 4 années de détention passées dans la prison de K..., au pavillon des condamnés à mort que l'on appelait affectueusement la Villa.

Perdu dans ses pensées, il déboucha sur un grand carrefour d'où partaient quatre routes se coupant à angle droit. Il s'arrêta instinctivement. Un policier était posté au milieu de l'intersection et réglait la circulation. Alors qu'il s'apprêtait à traverser, un coup de sifflet strident l'arrêta net. Surpris, il fit un bond en arrière, prêt à prendre ses jambes au cou. Au même moment, une file de voitures s'ébranla et Cégalo dut cette fois-ci se jeter carrément sur le côté pour ne pas se faire écraser. A peine avait-il repris ses esprits que la file de voitures s'arrêta, et des piétons pressés s'engouffrèrent sur la chaussée, comme s'ils voulaient tous rattraper quelqu'un qui fuyait devant eux. Il profita aussi de cette cohue et accéléra le pas. Personne jusque-là ne lui avait accordé la moindre attention. D'ailleurs qui aurait ce temps. Un fou en pleine ville, quoi de plus normal pour les habitants de la ville. C'était même un décor ordinaire, voire indispensable. Chaque artère de la ville ici avait ses fous. Certains avaient même élu domicile sur les grandes poubelles qui jonchaient les rues de cette grande ville, et ceci sous la barbe des autorités municipales. Les multiples feux qu'ils allumaient par-ci par-là faisaient monter des épaisses fumées noires aux odeurs qui vous prenaient à la gorge, donnant à cette grande cité qui ressemblait par moment à un grand village de campagne, un visage de grand taudis nauséabond. Dans cette ambiance surréaliste, Cégalo continuait inexorablement sa marche vers ce quartier qui n'existait que dans les souvenirs de sa tendre enfance. Il savait cependant qu'il existait, puisque ses frères y vivaient. Le grand carrefour déboucha sur un marché immense comme un village. Ce qui avait frappé l'attention de Cégalo était l'épaisse fumée noire qui montait de l'endroit. Il avait cru au départ que le lieu était un repère de fous, puisque ceux-ci semblaient régner en maîtres dans les lieux. L'épaisse fumée noire montait d'une énorme poubelle en feu. Instinctivement il enfila la longue artère qui s'étalait droit devant lui.

Un grand panneau publicitaire surplombait cette route et Cégalo ne put se retenir d'y jeter un coup d'œil. Il le fit furtivement car il ne devait pas l'oublier, il n'était pour le moment qu'un fou parmi tant d'autres qui écumaient les rues de cette immense cité jonchée d'immondices dont le relief rappelait étrangement un film western. Il y avait des escarpements partout tant et si bien que du haut d'une colline l'on avait vue sur les lointains quartiers et villages alentours. Le grand panneau publicitaire révéla enfin à Cégalo le précieux nom qu'il cherchait. « Madago » .Oui, c'était bien ce nom que son père aimait lui rappeler quand il était en colère. Il lui répétait régulièrement qu'il l'enverrait un jour vivre avec ses frères là-bas, dans cette lointaine ville dont il semblait lui même ignorer le nom.

Cela faisait maintenant une nuit et une demie journée qu'il s'était évadé du fameux pénitencier et il commençait à avoir sérieusement faim. Ses poches étaient vides et pourtant il lui fallait manger. Au fur et à mesure qu'il avançait, son estomac se creusait. La cavalcade infernale depuis son évasion s'était maintenant transformée en une marche aux allures paisibles à travers les rues de la ville. Il devait être environ seize heures de l'après-midi et le soleil semblait baisser d'intensité. Son estomac aussi accusait le coup. Les gargouillis venant de ses entrailles l'interpellaient de plus en plus. Au fur et à mesure qu'il avançait, la sensation désagréable de vertiges s'emparait de lui. Ce ne pouvait être que la faim et la soif. Depuis la veille il n'avait avalé qu'un bol de l'infect Nkissi que l'on servait aux prisonniers démunis. Les nantis, ceux qui avaient le privilège de recevoir des visites n'en consommaient presque jamais. Au contraire, ils en revendaient à leurs camarades au prix de 100fcfa le bol. Cégalo se ressassait tous ces souvenirs, question d'oublier un tout petit peu la fringale qui le tenaillait maintenant. Mais ce n'était que peine perdue. Il lui fallait se mettre quelque chose sous la dent et ceci au plus vite. Des odeurs de grillades effleurèrent ses narines, finissant à le convaincre de s'arrêter quelque part, mais où ?

Son statut de fou lui imposait une certaine discipline. Une femme assise au bord du trottoir attira son regard. Elle était en train de frire des beignets. C'était bel et bien cette odeur qui avait frappé ses narines. N'en pouvant plus, il s'arrêta net devant elle et resta là, immobile comme un poteau. La femme ne lui accorda pas la moindre attention, occupée comme elle l'était à retirer ses beignets du feu. Mais elle dut à un moment suspendre sa manœuvre pour lever les yeux vers cette présence incongrue debout subitement devant elle.

- « Qu'est-ce que tu veux ici, passe, va loin d'ici ! Malchance, héhéhé, badlock. Passe, moufdè ! ».

La présence incongrue n'osa pas bouger. La femme excédée, souleva pendant quelques secondes sa louche pleine d'huile chauffante et fit semblant de lancer quelques gouttes vers la direction de ce géant immobile devant son commerce. La forme humaine devant elle leva une main implorante en signe de demande et de l'autre, toucha son ventre. La grande cuillère pleine d'huile chaude s'arrêta net et la femme devint toute pensive. Elle ne savait que dire. Le geste de ce fou l'avait un peu désemparé. Ce dernier était en effet le premier client qui s'arrêtait devant son petit commerce. Fallait-il le repousser ?, se demanda-elle intérieurement. Son expérience de « bayamsalam » le lui interdisait. Le premier client était toujours roi. La déontologie du métier le déconseillait fortement. Le premier client devait, même s'il n'achetait pas, dire ne serait-ce qu'un mot de bénédiction pour encourager le vendeur ou la vendeuse. Cela, disait-on, portait bonheur. Que fallait-il faire ? Cégalo poussa le vice dans sa comédie et se mit à genoux devant la quinquagénaire, en pleine chaussée.

- « Eééh, badlock, malchance, ça c'est quoi ça Seigneur ? Ça c'est quoi ça ? »

Il s'était entre temps allongé de tout son long sur le dos et levait les mains au ciel comme s'il priait. La femme assise devant lui n'en pouvait plus. Les passants aussi commençaient à s'intéresser à la scène insolite et cela Cégalo ne l'avait pas prévu. Il lui fallait changer de tactique et s'éloigner de là. Au moment où il allait se relever, une voix rauque tonna à ces côtés.

- « Mais madame, il a faim, regardez vous-même. Ce n'est plus un être humain ça ! »

Le nouveau venu était un homme habillé en gandoura couleur chocolat. Il tenait une bouilloire d'une main et de l'autre un petit verre. Pendant qu'il parlait, il frappait le petit verre contre la bouteille et cela produisait un petit cliquetis strident « cling cling, cling cling. Ce bruit rappela bien des souvenirs à Cégalo qui était maintenant debout. Il tituba un peu et fit semblant de vaciller. Saisit de compassion, la dame prit avec empressement un morceau de papier et sans plus hésiter, fourra sa main dans la cuvette et la referma sur quelques beignets qu'elle tendit à ce fou gênant et insolite qui était là devant elle et qui semblait en difficulté. Ce dernier s'avança, prit le précieux paquet avec ses deux mains, comme le font si souvent ces fous plus ou moins lucides de la ville. Cégalo s'éloigna en quelques enjambées de la vendeuse et disparut immédiatement dans un coin de la rue. Son tour avait réussi. Maintenant il lui fallait trouver un endroit où il pouvait s'arrêter pour manger sa pitance. La montre semblait maintenant indiquer dix sept heures. Il s'assit sous un flamboyant et, comme un fou, se mit à manger ses précieux beignets. Le soleil s'acheminait petit à petit derrières les hautes montagnes qui cernaient la ville. La chaleur diminuait

31

progressivement et un vent léger annonçant le soir soulevait quelques tourbillons de poussière, emportant par moment des bouts de papier qui jonchaient les chaussées de l'immense ville.

IV

La nuit commençait à tomber. Quelques automobilistes allumaient déjà les phares de leur véhicule dont le reflet blafard éclairait de temps en temps la chaussée trempée par la pluie qui venait de s'abattre dans la grande cité. Les bruits de la nuit étaient déjà perceptibles. Les grillons et autres petites bestioles se préparaient à leur concert nocturne aux milles sons. Cégalo avait bel et bien repéré la maison de ses frères. Ces derniers, effrayés par son apparition s'étaient empressés de lui filer le billet de mille francs qu'il leur avait réclamé. Son aspect était simplement épouvantable. Privé de sommeil depuis deux nuits, ses yeux ressemblaient désormais à ceux d'un mamba vert. On eu dit des braises de feu. Assis sur le bord de l'immense route, il avait allumé un feu et se réchauffait les paumes des mains. Ses habits mouillés collaient sur sa peau et la chaleur provenant du doux feu de bois lui faisait du bien. Il n'avait presque pas eu de répit depuis qu'il s'était évadé de la terrible prison de K… Maintenant il était là, assis sur ce morceau de bois lui servant de banc, l'air perdu. Ses yeux essayaient de scruter la nuit qui venait de tomber et il se demandait bien comment est-ce qu'il allait atteindre sa ville natale. Son village était situé au bord de la mer et jusque-là il ne parvenait pas encore à s'habituer au fait que le village en question était devenu maintenant une ville. Bongandwè était devenu un simple quartier de la ville. Le village s'était fait rattraper par la ville et Cégalo, assis là sur ce morceau de Mangossi, était le prototype propre de cette fusion sans transition. Le feu de bois projetait sur les broussailles des ombres fantasmagoriques, plongeant Cégalo dans une ambiance qu'il avait tant aimé lorsque, encore petit enfant, il écoutait sa grand-mère raconter les anecdotes et les souvenirs de la première guerre mondiale. Sa grand-mère avait vécu ces événements de 1914 et certains soirs, elle aimait raconter ces moments douloureux à tous ses petits-fils assis autour du feu doux de la cuisine. Les yeux écarquillés et pleins de curiosité, les mômes écoutaient ces récits de jadis avec suavité.

Son mari avait péri dans la guerre, enrôlé de force comme tous les autres hommes du village. Les Allemands occupant la ville étaient venus un matin le chercher et jamais il n'était plus revenu. Comme tous les autres hommes du village il n'allait plus jamais revenir, laissant une veuve éplorée et inconsolable. En ces soirs de contes, Cégalo aimait à se blottir sur les genoux de sa grand-mère, le nez enfoui dans le Kaba de celle-ci, les pieds reposant sur le sol. Plongé dans ses souvenirs, il se mit à imaginer les scènes, s'oubliant peu à peu dans une sorte d'extase aux yeux ouverts. Petit à petit sa mémoire sombra dans des souvenirs inoubliables. Il se rappelait de sa tendre enfance, moments doux et douloureux, jonchés de douleurs et de peurs, surtout la nuit. Il se souvenait curieusement de tout cela maintenant.

Comme tous les enfants de son âge, il avait fréquenté le cours maternel et primaire. Parmi tant d'autres il avait brillé par son ignorance, mais surtout par son manque de concentration lorsqu'il s'agissait des activités en groupes. A l'âge de six ans, son père l'avait inscrit à l'école maternelle publique du village, connue vulgairement sous le nom de « Service Social ». Les petits de son âge l'appelaient « Social » tout court. Cégalo était l'aîné des enfants de son père, né d'une famille polygamique très tumultueuse. Sa maman était première femme. Cette dernière deviendra plus tard l'unique, car la brutalité de l'homme ne pouvait faire bon ménage avec deux jeunes femmes, toutes aussi énergiques que leur mari. Celui-ci, un vrai géant, n'avait rien à envier à Hercule. Ses 1,90m faisait de lui le plus costaud et théoriquement le plus craint du village Bongandwè.

Cégalo pouvait tout aussi se faire appeler Eponge. Il était en somme un pisseur invétéré et mouillait ses couches chaque nuit. Aucune médecine n'avait jusque-là pu arrêter ses incontinences urinaires qui étaient devenues un véritable mal incurable. Chose curieuse, son père, appelé affectueusement Théo par son cadet de frère, l'oncle de Cégalo, lui faisait curieusement et paradoxalement ingurgiter des litres de décoction sous prétexte qu'il le soignait de ses incontinences. Chaque jour ou presque, le petit enfant avalait des décoctions, tantôt à base d'herbe macérées, tantôt à base d'amidon. Il s'agissait concrètement de l'eau restante après cuisson des bâtons de manioc, -les méondos-. Cette eau jaunâtre disait-on, avait des vertus essentielles et exceptionnelles, susceptibles de stopper et de guérir les incontinences urinaires. Mais plus il avalait ces décoctions, plus il mouillait et chaque matin, c'était la sempiternelle lessive de sa literie trempée. Celle-ci était devenue un vrai drapeau suspendu sur les fleurs décorant l'entrée de la maison paternelle. Ce n'était plus en effet les fleurs qui décoraient cette entrée, mais plutôt la literie, les draps et le matelas trempés du jeune garçon. Ce nouveau décor imposé par le jeune enfant provoquait des colères incontrôlables et inénarrables de son père. Celui-ci lui administrait alors de terribles fessées. Chaque fois qu'il mouillait la nuit, c'en était fait de lui. Son cerbère de père lui administrait la correction. Celle-ci la plupart du temps se transposait sur la maman du jeune garçon qui, n'en pouvant plus de voir l'arrière train de son bien-aimé fils lacéré par les coups assenés par Théo son père, finissait toujours par s'interposer entre la ceinture en lanières noires de son mari et les fesses meurtries du mioche. Et les coups changeaient de destination. Virevoltant de la mère à l'enfant, la ceinture décrivait des arcs provoquant des vrous vrous dans l'air, telle une tornade tropicale. La deuxième épouse aimait ce spectacle. Cela lui faisait gagner le mari pour plusieurs nuits de plus sur l'emploi de temps habituel. Chacune avait en effet droit à une nuit et jamais deux d'affilée. Mais exceptionnellement, la coépouse, deuxième femme, avait cet avantage lorsque le pauvre Cégalo mouillait. Cette dernière faisait tout pour que Théo s'en aperçoive et la suite était assurée.

Ses études n'avaient guère été brillantes. Il était étrangement distrait lorsqu'il s'agissait des activités scolaires collectives. On dirait même qu'il ne les aimait pas du tout. Ce ne fut pas étonnant que sa maîtresse d'école porte sur son carnet de correspondance scolaire la mention suivante en fin d'année : »Enfant difficile à comprendre, a besoin de suivi et de beaucoup d'amour de ses parents. »

En lisant ces mots, Théo son père avait faillit s'étrangler de colère.

- « Elle ose me critiquer, cette femme. Est-ce à moi de faire son travail. Je lui donne mon enfant pour qu'elle le forme et voilà qu'elle m'insulte. N'est- ce pas son travail ? N'est-elle pas payée pour cela. Elle reçoit l'argent du Govina et elle est incapable. Merde ! ».

Cégalo non seulement mouillait dans ses rêves, mais il avait aussi un autre défaut qui était réellement un vice. Il était cleptomane. Il ne s'agissait pas de ces petits larcins que commettent de temps en temps la plupart des enfants et ceci dirait-on de façon innocente. Non. Pour le cas d'espèce, Cégalo alias Mepimbili, alias Embonda dit Président avait une particularité qui lui était propre. Il volait un peu de tout : de l'argent, de la nourriture et même des habits. Ses amis l'avaient surnommé l'antilope, -Embonda-.

Ne pouvant plus rentrer à la maternelle parce qu'ayant dépassé l'âge requis, -il était maintenant âgé de huit ans-, la grande question se posait. Que fallait-il faire de lui ? Son père n'envisageait pas une autre solution que de le laisser grandir pour que, comme les autres enfants du village, il devienne plus tard pêcheur. C'était d'ailleurs la solution idoine pour beaucoup de pères de familles du village Bongandwè et ses environs. Vivant au bord de la mer, les jeunes de Bongandwè étaient fascinés par le gain facile. La proximité de la mer et le tourisme primaire offraient cette facilité d'argent facilement gagné. Beaucoup de parents déclaraient de manière péremptoire et faussement docte qu'aller à l'école, aller apprendre à gagner de l'argent plus tard, ne valait pas la peine, que c'était du temps perdu. Il fallait commencer immédiatement. Pourquoi attendre des années alors qu'on pouvait bien le faire immédiatement. Ne fallait-il pas commencer tôt. Mais le jeune Cégalo était inapte à tout cela. Deux ans s'étaient écoulés et il n'avait non seulement jamais réussi à s'asseoir dans une pirogue encore moins à aller en pleine mer comme tous les jeunes de son âge. Et pourtant ces jeunes n'allaient presque jamais seuls. Ils jouaient les marins de 2e classe. C'est -à- dire qu'ils accompagnaient les aînés à la pêche. Leur travail consistait à pagayer, assis à l'avant et à même le fond de la pirogue. Ils aidaient aussi à évacuer l'eau qui s'y engouffrait par les interstices du bois sec. En mer, le matelot de deuxième classe pouvait aussi pêcher, apprêter les appâts et assommer, s'il le fallait, les gros poissons. C'était du moins un rôle exaltant.

Tout cela, le jeune Cégalo, alias Embonda, l'apprenait au travers des commentaires de ses amis. Il aurait bien voulu y aller, mais son incapacité à s'asseoir en équilibre dans une pirogue l'en empêchait. A chaque fois qu'il essayait, ou du moins que son père le faisait asseoir pour l'y entraîner, Cégalo se renversait et entraînait la pirogue avec lui. Et les gifles pleuvaient. Son père ne supportant pas son inaptitude, lui assenait des gifles et cet exercice s'achevait presque toujours en queux de poisson. L'enfant revenait de là, les yeux tout rouges, la morve coulant du nez à force d'avaler involontairement de l'eau du fait des plongées répétées dues au mouvements incontrôlés de ses reins.

- « Cet enfant est incapable de tout. Un vrai idiot -Elema – Il a des fesses aussi rondes qu'une noisette. Je n'ai jamais vu un enfant pareil ayant des fesses aussi rondes ».

Théo revenait de ces séances, la poitrine bombée et remplie de colère, épuisé à souhait. Et son frère, homme très réfléchi, doux et pondéré le calmait en lui répétant presque toujours la même chose.

- « Théo, un enfant ça s'éduque dans la patience. Les cris et les coups ne font pas d'un enfant un homme. »

Et c'était presque toujours la même réplique : - « S'il ne fait pas d'effort, la chicotte -Nkassa- le redressera. Laisse-moi tes idées de l'école des Blancs-là. »

Dans sa cleptomanie, le jeune Cégalo, alias Embonda nourrissait une drôle de prédilection : les touristes.

V

Cégalo avait grandi. Il était maintenant âgé de quinze ans et avait abandonné les études depuis belle lurette. Sa maîtresse de l'école avait, sans le vouloir et ne pouvant se l'imaginer, scellé le destin de l'enfant. En écrivant « Enfant ayant besoin de l'amour parental... », son père avait décidé, profitant de l'ignorance de son rejeton, de l'orienter vers la pêche. Or à quinze ans, il ne savait encore rien faire. Sa cleptomanie par contre prenait le pas sur sa personnalité. Sa maman s'en plaignait souvent. Certaines nuits, blottie contre l'épaule musclée de son mari, elle s'ouvrait à ce dernier et se répandait en plaintes.

Quelque chose en effet tracassait Djoki, la mère de Cégalo. Elle avait à un moment abandonné son enfant à l'âge de cinq ans et s'était réfugiée auprès de ses parents, après une longue dispute avec son mari. N'ayant personne pour le garder, le père avait confié son rejeton à sa maman, c'est à dire la grand-mère de Cégalo, qui habitait non loin de là. L'enfant dormait seul et chaque nuit, il le lui racontera plus tard, une présence s'introduisait dans sa chambre. C'était comme une forme humaine, comme un halo lumineux qui se dirigeait vers son lit, menaçant de l'étouffer. Plus d'une fois il s'était levé de son lit en criant et s'était réfugié dans la chambre de sa grand-mère. Cette dernière, étonnée ne comprenait rien de ce qui arrivait à son petit-fils. Au début elle menaçait le petit enfant, mais la même chose se produisant régulièrement, elle commença à s'interroger et fini par affecter quelqu'un pour dormir avec lui. Or ce quelqu'un n'était personne d'autre que son cousin, Tèdè, qui dormait comme un loire. La même présence avait continué à hanter l'enfant et ce qui était étonnant et incompréhensible était le fait que ce phénomène, aux dires du pauvre, se produisait quand il était éveillé. Il se réveillait régulièrement en sursaut et c'était souvent le signe précurseur annonçant la visite insolite. Tèdè de son côté ne comprenait rien et n'était au courant de rien.

Y avait-il un lien avec la cleptomanie de l'enfant ? Peut-être avait-on « gâté » son petit Cégalo, comme on le dit dans le langage du village ? Djoki ne sachant à quoi penser ne savait non plus à quel saint se vouer. Gardant silence, Théo ne disait presque jamais rien. Et la pauvre finissait par s'endormir, ravalant ses larmes pour elle-même, le cœur meurtri et plein d'une douloureuse amertume. Elle avait plus d'une fois consulté un Nganga, mais n'avait rien obtenu comme résultat. L'enfant s'avérait de plus en plus être un véritable cleptomane. Que fallait-il faire ? La pauvre femme se surprenait quelquefois à parler seule, dans une sorte de monologue qu'elle réprimait malgré elle. Et les jours s'écoulaient, chargés de refoulements et de larmes étouffés.

Ce matin-là, Cégalo s'était levé très tôt. Il n'avait pas mouillé de la nuit. Cela lui arrivait très souvent et même de plus en plus. Avec l'âge, il avait l'impression que ses incontinences diminuaient. Assis sur un rocher au bord de la mer, il avait le regard perdu dans le vide. Ce n'était pas du tout la beauté de la mer qui l'attirait à ce moment précis. Des touristes étaient en train de se baigner, profitant du bon soleil qui dardait déjà de ses rayons la surface bleue de l'onde. Deux jeunes enfants blancs, assis à côté des serviettes étalées par leurs parents, jouaient sur du sable et s'amusaient à construire des maisonnettes de sable qui s'écroulaient régulièrement. Cégalo pour la première fois avaient envie de se rapprocher d'eux. Mais ce qui, à dire vrai, l'attirait tant n'étaient pas la compagnie de ces deux enfants. Il était fasciné par le sac en cuir de couleur noire qui était posé à quelques mètres seulement de l'endroit où jouaient les deux petits. Epiant d'un œil le couple qui se baignait, de l'autre il observait le mouvement des deux enfants jouant sur le sable. Après quelques hésitations, le cœur battant à tout rompre, il se rua sur le sac et détala à pleines jambes. Les deux enfants n'avaient pas eu le temps de voir la manœuvre, tellement ils étaient absorbés par leur jeu. Leurs parents dans l'eau ne s'étaient non plus aperçus de rien. Cégalo se réfugia derrière le carré de bâtiments de l'hôtel Miramar. Il s'assit à même le sol sablonneux et commença à ouvrir le sac. Rien d'intéressant. Quelques lotions de toilette, un livre écrit en une langue qu'il ne connaissait pas et un portefeuille en peau de crocodile. Il le mit dans son caleçon et remonta sa culotte couleur kaki. Il y découvrit aussi un paquet de cigarettes gitanes. Il porta le paquet à son nez et huma l'odeur du tabac. Après quelques hésitations, il laissa tomber le paquet par terre et se leva précipitamment. Un bruit sourd venait de se produire non loin de là. C'était comme si quelqu'un s'approchait. Se cachant tant bien que mal, Cégalo resta immobile, prêt à prendre ses jambes au cou. Au bout d'un moment, le bruit s'arrêta net, comme si celui qui arrivait avait décelé la présence de quelque chose. Après quelques secondes, le bruit repris. L'endroit était couvert par l'ombre d'un grand arbre et le sol était jonché de branchages et de feuilles mortes. Les craquements avaient repris et se rapprochaient de plus en plus de l'endroit où il s'était réfugié. Prenant les devants, il se précipita vers l'inconnu et resta abasourdi. Ce n'était pas un être humain comme il le croyait. Un énorme chien fouillait dans la grande poubelle de l'hôtel Miramar. Cégalo faillit pousser un cri de rage et pesta intérieurement. Il resta immobile, le souffle cours et il lui fallut bien du temps pour retrouver son calme. Ses yeux croisèrent ceux de la bête et les deux se fixèrent en faïence pendant quelques secondes. C'était vraiment amusant. Après la colère, un rire monta dans sa gorge et finalement il quitta cet endroit, abandonnant le sac. Il lui fallait maintenant rentrer.

Il habitait non loin de la plage. Au moment où il allait entrer dans la maison, il aperçut sa maman de dos, assise dans la cuisine. Celle-ci entendant les pas se retourna instinctivement. Le temps de l'appeler, celui-ci disparut précipitamment et entra dans la maison. Il fonça directement dans sa chambre. Il voulait tout d'abord se débarrasser du colis gênant qui gonflait sa culotte lui donnant l'apparence d'une hernie qu'il cachait. Mais ce n'était rien d'autre que le porte-monnaie qu'il venait de subtiliser aux malheureux touristes sur la plage. Ne voulant pas éveiller la curiosité de sa maman, il ressortit aussitôt de sa chambre et se dirigea directement dans la cuisine. Djoki nouait les bâtons de manioc.

- « Je t'ai vu tout à l'heure entrer là, qu'est ce que tu cachais ? »

- « Rien mama…, répondit le jeune garçon. »

- « J'allais me déshabiller. Je me suis un peu mouillé. »

- « Tu sais bien que je t'interdis de te laver seul dans la mer, toi, tu ne sais pas nager comme tous les enfants du village. Prends garde à toi. D'ailleurs tu sais bien qui est ton père… »

Cégalo s'assit sur un banc, évitant le regard de sa maman.

- « Tu ne manges pas ? », demanda cette dernière. C'était inhabituel. Cégalo en effet ne supportait pas facilement la faim. A chaque fois qu'il revenait de la plage, il avait presque toujours l'estomac aux talons et réclamait à manger. Mais ce jour-là, il avait un peu hésité et cela n'avait pas échappé à sa maman qui le connaissait fort bien.

- « Peut-être a-t-il mangé là-bas ? » se demanda-t-elle intérieurement. Ne pouvant résister, elle demanda finalement.

- « Qui a cueillit les bétombè – noix de coco tendre- là-bas aujourd'hui ? Je sais que toi tu ne sais pas grimper ? »

- « Personne maman, pourquoi ? »

- « Aujourd'hui tu n'as pas faim. Toi tu es le père du ngwèpè, -fringale-. Qu'est ce qui ne va pas aujourd'hui ? »

- « Ah ! Rien », dit-il simplement.

- « Je n'ai pas faim maintenant. »

Effectivement Cégalo n'avait pas faim. Il était au contraire tendu intérieurement. Comme il était assis à côté de la porte, il jetait de temps en temps un coup d'œil dehors, comme s'il s'attendait à voir surgir quelqu'un. Tous ces gestes n'avaient pas échappé à sa maman qui feignait de ne rien voir. Cégalo voulait tout d'abord découvrir le contenu du portefeuille qu'il venait de ramener et cela lui enlevait toute envie de faire quoi que ce soit. Il ne voulait pas perdre du temps à manger et il cherchait un prétexte pour s'esquiver. Il se leva lourdement, feignant d'avoir sommeil et finalement il dit à sa maman qu'il allait dormir. Etrange. Lui, dormant à quatorze heure de l'après-midi. Vraiment étrange. Sa maman ne dit rien et il se retira dans sa chambre tout en prenant soin de refermer soigneusement la porte derrière lui. Le portefeuille le fascinait maintenant comme un objet magique. S'asseyant sur le lit, il l'ouvrit et resta interdit. Des billets de couleur verte tombèrent par terre. Cégalo n'en avait jamais vu autant de sa vie. C'était de l'argent mais il ne savait pas ce que c'était exactement. Le cœur battant à tout rompre, il ramassa les billets et se rassit sur le lit. Il fouilla de nouveau le porte-monnaie et ses doigts rencontrèrent quelque chose de rond et dur. Qu'est-ce que cela pouvait bien être ? Il le retira et constata que c'était une bague, une alliance en or pur. Il la posa sur sa petite table de chevet et remit le portefeuille sous le matelas. Maintenant il lui fallait trouver quelqu'un qui puisse l'aider à changer cet argent et même à compter la somme. Entendant des pas dans la salle du séjour, il se leva précipitamment et s'allongea sur le lit. C'était sa maman. Elle cogna à sa porte et poussa sans attendre la réponse. Cégalo

44

était savamment allongé, le drap remonté jusqu'aux oreilles. Sa maman un peu inquiète demanda :

- « Tu es malade, qu'est-ce qui ne va pas, *i papa* ? » C'est ainsi qu'elle l'appelait souvent. Bougeant un peu et feignant de revenir d'un profond sommeil, il répondit en maugréant.

- « Je ne sais pas. C'est comme si le corps me faisait mal. Comme si j'allais avoir froid. Hésitant un peu, Djoki se retira et referma la porte derrière elle. Cégalo se releva aussitôt et s'assit sur le lit. Il se mit à réfléchir intensément et au bout de quelques minutes, il lui sembla découvrir ce qu'il cherchait. Djony. C'était l'un de ses amis. Ce dernier en effet était réputé dans le village et même dans toute la ville. Son pedigree était fort éloquent. Djony avait été plusieurs fois incarcéré pour vol aux touristes et étaient maintenant devenu une personne ressource en la matière. Certaines langues racontaient que même la police le consultait souvent quand il y avait des coups spectaculaires de vol. Officiellement il ne volait plus, mais il n'avait pas non plus oublié son premier job. Mécanicien de son état, Djony connaissait tout le monde.

Retirant le portefeuille de sa cachette, Cégalo se leva comme mut par un ressort et sortit de sa chambre. Sa maman devait maintenant être allée chez sa copine pour se faire tresser. Son père, matelot de son état ne reviendrait que le lendemain pour repartir aussitôt. Le métier de matelot l'occupait beaucoup. Il s'absentait souvent pendant de longues semaines, au gré des mouvements des bateaux qui mouillaient à quelques encablures du petit port maritime de la ville. En sortant de la maison, Cégalo eut encore une dernière pensée pour sa maman et d'un pas décidé, il partit en direction de la ville. Le quartier était plongé dans une sorte de léthargie en cette fin d'après-midi. C'était l'heure où beaucoup de femmes du village, fatiguées des durs labeurs de la journée, aimaient à se reposer sur des nattes étalées à même le sol, après avoir finit de faire la cuisine et attendant le retour de leurs époux.

Djony habitait le quartier voisin.

Cégalo héla un taxi qui manoeuvrait à l'entrée du petit pont traversant la rivière Toukaholè.

- « Mboa Manga, jeta-t-il au chauffeur. »
- « Où précisément à Mboa Manga ? »
- « A côté du garage de Djony. »

La voiture démarra en douceur et le jeune Cégalo respira plus librement. Il n'aurait pas souhaité que sa maman le voie maintenant. Elle aurait posé mille et une questions embarrassantes. Après quelques kilomètres, le taxi s'arrêta et le jeune garçon descendit. Il tendit un billet de cinq cent francs CFA au chauffeur. Ce dernier maugréa tout en fouillant la monnaie.

- « Tu aurais pu me dire que tu avais un billet, gars. Et si je n'ai pas la monnaie ? », demanda-t-il. Ce fut comme s'il s'adressait à lui-même. Cégalo en effet était plongé dans ses réflexions et semblait être très loin de l'homme assis derrière le volant de la voiture. Ce dernier lui tendit la monnaie et continua sa route en sifflotant avec philosophie. Le garage de Djony était de l'autre côté de la route. Cégalo traversa et trouva son ami en plein boulot, le nez plongé dans un réservoir.

- « Eh, tu bois déjà l'essence ? », railla-t-il amicalement.
- « Je viens un peu te déranger, dis donc ! »
- « Oui pas de pro, momo, qu'y a-t-il ? »

Après une courte hésitation, son visiteur le tira de côté, puis sortit le fameux portefeuille de sa culotte. Djony resta de marbre lorsque le jeune garçon exhiba la liasse de billets verts.

- « Oui, qu'y a –t-il ? » Demanda-t-il d'un air faussement détaché. Il avait bel et bien reconnu les billets verts. C'était des dollars américains.

- « J'ai trouvé le porte-monnaie sur la plage, avec cet argent. Aide-moi à les changer et dis-moi combien il y a et ce que c'est que cet argent ? »

- « Ce sont des dollars américains. »

Djony les arracha des mains de son ami et d'un doigt expert, les compta avec dextérité. Il posa les yeux sur Cégalo et resta silencieux. Il attendait sa réaction.

- « Bon, on fait comment ? Est –ce que tu peux m'aider à les changer ? C'est combien ? »

- « Tu as là cinq mille dollars gars. »

- « Oui, mais combien ça fait ici… ? »

Djony trouvait du plaisir à faire attendre son ami et il savait pourquoi. Cégalo était presque illettré. Son niveau scolaire était tellement bas qu'il ne savait pas encore compter de l'argent. Et ça Djony le savait. Mais Cégalo n'était pas du tout bête. Il avait un sens aigu des affaires louches.

- « Tu as ici deux millions cinq cent mille francs CFA gars. Et maintenant dis –moi combien tu me donnes, sinon tu ramènes ton argent avec toi ? »

Cégalo n'hésita pas.

- « Tu veux combien, dis-moi ? »

Djony se retourna comme s'il voulait rentrer à son boulot et déclara froidement.

- « La moitié. »

- « Quoi ? La moitié ? »

Oui, c'était bien ce qu'avait dit Djony et Cégalo l'avait bien compris. Maintenant il lui fallait décider. La moitié de la somme, c'était lourd, mais est-ce qu'il avait le choix. Il ne savait quoi faire avec les dollars et Djony était son seul secours. Lui seul pouvait l'aider à changer cet argent en francs CFA. Il vint retrouver son ami qui avait replongé son nez dans le réservoir, feignant de se concentrer à chercher les trous.

47

- « Bon, d'accord, tu prends la moitié. Mais tu changes ça quand ? »

- « Ce n'est pas ton problème. Si j'ai dit la moitié, c'est que je sais ce que j'ai à faire. « Toi, tu attends simplement et tu verras. Reviens demain à pareille heure et tu trouveras ta part. Maintenant, j'ai à faire. Mon client doit passer tout à l'heure chercher son réservoir. D'accord ? »

Cégalo n'avait pas prévu cela. Il s'était naïvement imaginé que tout se passerait immédiatement, comme si son ami avait une banque dans son garage. Ce dernier le devança dans ses réflexions et déclara :

- « Tu ne crois qu'en même pas que j'ai une banque dans mon garage ici. Je dois aller rencontrer des amis aussi et c'est pour cela que je t'ai demandé la moitié. Je dois leur mouiller la barbe, tu sais. »

Il était presque déjà dix huit heures du soir et le vent froid de la mer se faisait déjà sentir. Cela faisait près de deux heures que les deux amis parlementaient. Cégalo s'apercevait maintenant que les choses n'étaient pas aussi faciles qu'il le croyait. Il se leva et ressortit du garage sans plus ajouter un mot.

VI

Djony et Cégalo étaient finalement tombés d'accord pour le partage du magot et une nouvelle vie s'ouvrait pour lui. Sa maman s'était bien rendue compte que quelque chose d'anormale se passait en lui. Il n'avait pas mangé de toute la journée. Lorsqu'elle revint de chez son amie, elle ne le trouva pas. Sa chambre était vide. En allant se coucher, elle se demandait où est-ce qu'il pouvait bien être. Cégalo en effet ne s'attardait jamais dehors.

Le lendemain matin, grande fut sa surprise de retrouver la literie mouillée étalée sur les fleurs d'hibiscus à l'entrée de la maison. Son fils avait encore fait des siennes et fort heureusement que son père n'était toujours pas revenu. Un calme absolu régnait dans la maison. Le matelas aussi était suspendu au même endroit, livrant ses sempiternelles odeurs. Cégalo s'était en effet levé très tôt pour faire sa lessive. La nuit avait été mouvementée, ponctuée de rêves dorés. Il ne s'était pas rendu compte qu'il avait mouillé et c'est un peu confus qu'il s'était retrouvé le matin avec une sensation de froid sous les fesses et le dos. Il avait cru au départ que c'était sa transpiration, mais très vite il s'était rendu compte que c'était ses propres urines.

Assis sur un banc devant la cuisine, il méditait les événements de la veille. La vue de l'argent l'avait complètement bouleversé. Il lui fallait trouver un moyen, un endroit sûr pour cacher le magot. Djony avait tenu parole. Les ronronnements de Magnus le siamois l'agacèrent un peu et c'est presque avec violence qu'il écarta l'animal. Une idée était en train de germer dans sa tête. Comme Djoki sa mère tardait à revenir de la plage, elle y était allée chercher du poisson, Cégalo trouva que c'était le moment. Il enfila son pantalon jeans bleu et partit vers la rivière Toukaholè. En y arrivant, il ne trouva personne. Même les petits enfants aimant pêchés les Bétoto – poisson d'eau douce de couleur noire- n'étaient pas encore là. Il avait donc tout le temps nécessaire pour réaliser ce qu'il avait à faire. Posant un genou à terre, il commença à creuser. Au bout d'un moment, il souleva une grosse pierre posée tout à côté et boucha le trou creusé au bord de l'eau, vérifiant une dernière fois que tout était bel et bien disposé. Il avait pris soin de mettre l'argent dans un plastic noir. La pierre était suffisamment lourde pour que les mouvements de l'eau n'emportent le plastic noir déposé au fond du trou. L'endroit était idéal. Même en marée basse, la pierre n'était pas visible. Il fallait bien s'approcher de là et scruter l'eau de près pour constater la chose.

Juste au moment où il se relevait, il entendit des éclats de rire. Se retournant en bloc et prêt à bondir, il vit deux jeunes garçons qui le regardaient d'un air moqueur.

- « Est-ce que c'est comme cela qu'on attrape les crevettes. Tu n'as pas honte, Momo. »

C'est comme cela que les jeunes s'appelaient entre eux. Momo voulait dire homme en langue locale.

- « La marée n'est même pas encore totalement basse et toi tu es déjà là. Tu as dormi ici, n'est-ce pas ? »

Se redressant, Cégalo respira profondément et s'assit sur une pierre, non loin de l'endroit où il venait de planquer son butin. Son sourire forcé n'arrivait pas à cacher sa tension intérieure. L'arrivée inopinée des ces deux garçons qu'il connaissait très bien l'avait surpris et avait même failli mettre son plan à nu. Candidement, les deux garçons repartirent de plus belle.

- « Tu ne dis rien, Momo. Mais qu'est-ce tu fais donc là ? Tu n'as même pas ta canne à pêche. Et vois comment il est habillé ! », dit l'aîné qui s'adressait maintenant à son petit frère.

Cégalo se leva et vint retrouver les deux gamins qui tenaient chacun une canne à pêche et un petit seau. C'était en effet l'apparat de la pêche. Ils étaient réellement venus pêchés les Bétoto et ils croyaient que Cégalo voulait en faire autant.

- « Je voulais attraper quelques crevettes mais votre arrivée m'a déconcentré. Vous êtes bizarre vous deux et vous n'avez même pas peur. »

Cet endroit était sinistre et beaucoup de légendes se racontaient tout autour. Certains prétendaient avoir souvent entendu des voix et des murmures sans voir ceux qui parlaient. D'autres racontaient qu'une force inexplicable s'exerçait dans les lieux et que quelques jeunes pêcheurs étaient revenus de là le corps balafrés comme si un fauve les avait griffés. Mais tout ceci restait au niveau des « ont dit ».

Cégalo quitta les deux jeunes pêcheurs et regagna la maison paternelle où sa maman était maintenant revenue et s'inquiétait de ne pas le voir.

- « Où restes-tu maintenant, mon fils. Je te cherche partout et je ne te vois pas. Tu ne reviens maintenant qu'à l'heure du coucher et tu ressors comme tu veux et quand tu veux. »

C'est ainsi que sa maman exprimait toujours son mécontentement quand elle voulait lui reprocher le fait qu'il sortait beaucoup. Et pourtant elle l'avait bien vu la veille. L'instinct conservateur maternel ne souffrait et ne voulait pas admettre qu'il n'était plus un enfant. Bientôt même il fêterait son seizième anniversaire et pour sa maman il n'était rien d'autre encore qu'un gros bébé.

- « J'étais à la rivière voir si la marée s'était retirée. »

Il se tut, attendant la suite. Sa maman n'était pas dupe. Elle connaissait bien son fils et savait très bien que ce dernier n'était pas un excellent pêcheur.

- « Depuis quand t'intéresses-tu à la pêche au point de te lever si tôt. Qu'est-ce que tu me prépares encore comme ennuis. Réponds-moi. Qu'y-t-il là-bas à Toukaholè ? Et avec qui y étais-tu ? »

Cégalo baissa un peu les yeux par respect pour sa maman qui maintenant le scrutait comme si elle voulait lire la réponse dans ses yeux. Intérieurement il éprouvait de la peine pour elle car elle croyait qu'il était encore ce jeune enfant naïf, qui mouillait chaque nuit et qui avait une peur bleue de la fessée de son père. Mais hélas, dans le cœur de Cégalo il se passait et se tramait beaucoup de choses. Intérieurement il était devenu une autre personne et sa maman ne pouvait et ne saurait peut-être jamais se l'imaginer. Des pensées folles se bousculaient dans sa tête et il ne faisait aucun effort pour les repousser.

- « J'étais seul, maman, répondit-il en baissant de nouveau les yeux. »

- « Comment ? »

- « Je dis que j'étais seul, tu peux même demander à Moto et à son petit frère. Ils sont là-bas. Je ne mens pas. »

La maman se tranquillisa un peu. Moto et son petit frère étaient les enfants de l'une de ses belle- sœurs et ils étaient réputés d'être de grands pêcheurs. Leur maman leur avait souvent administré des fessées parce qu'ils passaient tout leur temps à la rivière Toukaholè. Mais plus on les battait, plus leur amour pour la pêche allait crescendo.

- « Vas me laver les assiettes et puiser de l'eau, je dois faire la cuisine. Tous les enfants ont déjà fini leurs travaux du matin mais toi tu passes tout ton temps à te balader. »

Cégalo se leva, l'air faussement penaud et se dirigea directement dans la cuisine où il commença à rassembler la vaisselle. Généralement les enfants lavaient leurs vaisselles à l'embouchure de la rivière et c'est bien là-bas qu'il comptait s'y rendre. Cela lui permettait de retrouver les jeunes de son âge qui aimaient particulièrement cet endroit. La rivière se jetait directement dans la mer et les enfants y passaient le clair de leur temps à jouer et à se baigner, oubliant le travail qu'ils avaient à faire. Beaucoup rentraient souvent avec des assiettes en moins et c'était alors des bastonnades et des pleurs en n'en pas finir. Les mamans renvoyaient quelquefois leurs enfants rechercher les plats, fourchettes, cuillères et autres ustensiles restés dans l'eau. La plupart du temps, ces derniers revenaient bredouilles, mais repartaient le lendemain à la même tache, avec le plus souvent le même résultat à la fin. En y arrivant, Cégalo trouva quelques jeunes déjà à la besogne. Il voulait faire vite et revenir à la maison, mais quelque chose de bizarre allait bouleverser son programme ce matin-là.

Il vida la cuvette pleine de vaisselle et commença tout d'abord à laver les fourchettes, cuillères et autres. Penché sur ses ustensiles, il ne regardait pas ce qui se passait autour de lui. Il venait de jeter la dernière fourchette dans la cuvette lorsqu'une voix fine le tira de son travail. Se relevant en sursaut, il vit un homme, un touriste qui le regardait en souriant. Il venait de le filmer et s'apprêtait à partir. Cégalo qui était un mordu de la chose renvoya aussi un sourire à l'homme en lui demanda amicalement les droits de filmer. C'était une méthode habituelle qu'utilisaient les jeunes de la région pour nouer contact avec les nombreux touristes blancs qui fréquentaient les plages de la ville. Ce dernier sourit de nouveau et voulut continuer sa route, mais Cégalo insista. L'homme s'arrêta, fouilla dans son sac et sortit un large porte-monnaie couleur noire en cuir. Les billets de banque y étaient bien rangés et ceci n'échappa pas à Cégalo, alias Mepimbili. Son cœur commença à battre la chamade. Le Blanc lui tendit un billet craquant neuf de cinq cent francs qu'il prit avec un sourire faussement naïf.

-   « Aurevoir ! », dit ce dernier.
-   « Merci M'sieur, aurevoir ».

L'homme s'éloigna, content d'avoir réaliser une belle affaire. Mais il ne pouvait présager la suite des événements.

Cégalo lava rapidement les derniers plats qui restaient et posa la cuvette sur un tronc de cocotier coupé émergeant du sable. Il se déchaussa à la hâte et posa ses babouches tout à côté. Son instinct grégaire venait de se réveiller et quelque chose de plus fort que lui le poussait à suivre le Blanc. Celui-ci s'était éloigné à pas nonchalants, filmant ce qui voyait d'intéressant. Cégalo voulait le suivre. Une foule d'idées aussi folles les une que les autres l'envahissaient progressivement, finissant par le convaincre et à le pousser à mettre à exécution son projet malsain. Il préparait son coup. Afin de ne pas attirer l'attention du touriste qui continuait à déambuler sur la plage loin devant lui avec son sac en bandoulière, il se déshabilla et resta tout juste avec sa demie culotte jeans qui lui arrivait jusqu'au genoux. Il attendit patiemment que l'homme se fût bien éloigné et, se levant de là où il était assis, il se dirigea droit vers la mer, comme s'il allait se baigner. Mais sa tactique était simple. Marcher tout à côté de l'eau, à la lisière du point de rencontre entre les vagues et le sable, là où elles venaient s'échouer sur la berge lui permettait de progresser sans laisser de traces. Le ressac était une précieuse aide qu'il exploitait à bon escient.

Il se mit donc à progresser à petits pas vers le touriste, tout en feignant de ramasser les coquillages qui, en ce mois de décembre, étaient nombreux sur le sable. Il se laissa un peu distraire en suivant avec intérêt la bande de mouettes qui tournoyaient au dessus de l'eau, à une vingtaine de mètres de la berge, poussant des cris stridents et plongeant régulièrement dans l'eau. Elles remontaient, tenant dans leurs becs leur proie qu'elles avalaient aussitôt. La saison des anchois s'annonçait précocement cette année. Il releva enfin la tête et grande fut sa désolation. Devant lui il n'y avait plus personne. L'homme avait disparu. Où pouvait-il bien être passé. Cégalo pressa le pas et monta sur un rocher qui surplombait la plage à cet endroit, toujours personne en vue.

Il s'arrêta un moment comme s'il regardait la mer. Ses yeux en effet scrutaient les Bépipigna -lisière entre la plage et la forêt-. Après quelques instants, il finit par retrouver ce qu'il cherchait. Une tente était dressée à côté d'un camping-car d'où s'élevait une fine fumée blanche. Curieux. Il reprit sa progression, se dirigeant cette fois-ci vers l'endroit d'où venait la fumée. Il était sûr que la cible était dans cette tente. Son intuition ne pouvait le tromper. Et même, c'était une certitude, tout autour il n'y avait ni voitures ni serviette étalé sur le sable. Donc l'homme en question ne pouvait qu'être là-dedans. Arrivé à proximité de la tente, Cégalo s'arrêta un court moment puis continua sa route comme si de rien n'était. Il marcha ainsi sur environ un kilomètre puis s'assit finalement sur un rocher, les yeux rivés sur la petite tente de couleur bleue. Aucun mouvement n'était perceptible. Le camping-car semblait désertique. Au bout d'un certain temps, il vit apparaître ce qu'il espérait. Le touriste qu'il avait suivi ressortait maintenant, tenant deux petits enfants par la main. Quelque temps après, une femme sortit aussi. Cégalo devina que c'était la maman des deux petits enfants et que l'homme qu'il avait suivi jusque-là ne pouvait être que le père. Le couple s'éloignait de leur tente et se dirigeait du côté où était Cégalo. Un peu surpris, il se leva et reprit sa marche en adoptant la même tactique de dissimulation. Il faisait semblant de ramasser les coquillages. Pourvu que ce jeu ne dure plus longtemps. Cela faisait maintenant plus d'une heure de temps qu'il avait abandonné la cuvette de vaisselles. Que dirait sa maman ? Il chassa immédiatement cette idée et se reconcentra sur le couple de touristes qui finalement s'était assis sous l'ombre d'un baladamier. Quelques personnes se baignaient déjà. Les surfeurs n'étaient pas encore visibles. Ils attendaient sans doute le moment propice. La mer était de couleur bleue et invitait à la baignade. Un léger vent marin soufflait de temps en temps, drainant des odeurs douces qui rappelaient à Cégalo le temps où son père voulait faire de lui un pêcheur, comme tous les jeunes de son âge à l'époque. Des pêcheurs, immobiles sur leurs pirogues, étaient visibles à l'horizon, on eu dit des morceaux de bois flottants à la dérive. Certains d'entre eux, surtout les plus âgés, n'allaient plus tarder à faire mouvement vers le rivage. Ne pouvant supporter le vent contraire et violent qui généralement se lève dans l'après-midi, ils commençaient souvent à ramer tout doucement vers la plage afin d'être à l'abris de toute mauvaise surprise.

Le couple de touristes non loin de là était toujours assis sur le sable. Leurs deux enfants jouaient à monter de petites maisons de sable qui s'effondraient aussitôt.

-   « Il faut qu'ils se lèvent », se dit Cégalo à voix basse, s'adressant à lui-même. Et comme si ces derniers avaient entendu sa prière, l'homme et la femme se levèrent aussitôt comme poussés par une force invisible et coururent joyeusement en se tenant par la main pour tomber dans l'eau. Les enfants eux étaient restés sur le sable, continuant à jouer comme si de rien n'était. Ils ne s'étaient même pas dérangés au moment où leurs parents s'étaient levés. Beaucoup de baigneurs étaient maintenant visibles, la plupart étaient des Blancs, des touristes. Assis sur un rocher, Cégalo de son côté continuait à attendre. Le moment propice ne semblait plus être loin. Il savait ce qu'il avait à faire. Il se souvenait maintenant de ses randonnées avec son ami Djony. Ce dernier, ancien évadé de prison, s'était reconvertit dans la mécanique. Cégalo avait appris quelques techniques auprès de lui et maintenant il était en train de les mettre en application. La patience était, d'après Djony, la première règle de prudence. - « Il faut toujours être patient, sinon tu perds beaucoup de choses », lui répétait-il souvent. Djony avait plus d'une fois cambriolé des auberges le long de la plage en compagnie de Cégalo qui n'avait alors que 8 ans à l'époque.

Son rôle avait alors été très simple. Il jouait les guetteurs pendant que son ami, deux fois plus âgé que lui, faisait la besogne. Après le coup, ce dernier lui donnait souvent quelques objets de moindre valeur tels que des lotions de toilette, des savons et quelques fois aussi des serviettes. De retour à la maison, Cégalo attirait souvent involontairement l'attention de sa maman sur lui à cause des odeurs inhabituelles de parfums qui émanaient de lui. Cela intriguait beaucoup cette dernière et malgré les questions pressantes qu'elle posait, son brigand de fils ne lui révélait jamais l'origine exacte de ces toilettes de luxe. Menteur invétéré qu'il était, il avait toujours juré avec véhémence qu'il ramassait les restes de lotions que jetaient les touristes. D'ailleurs beaucoup de jeunes de son âge à l'époque en faisaient autant.

Se levant de là où il était, il se mit à marcher lentement en direction de l'endroit où jouaient les deux petits enfants. Leurs parents étaient toujours dans l'eau et se baignaient paisiblement, ne se doutant de rien. Feignant toujours de ramasser les coquillages, il se dirigeait vers eux sans attirer la moindre attention. Personne d'ailleurs ne pouvait s'en rendre compte car ce qu'il faisait était tellement banal. Des ramasseurs de coquillages écumaient les plages de la ville en cette période de l'année. Le mois de décembre était le début de la grande saison touristique et des centaines d'enfants parcouraient chaque jour le littoral à recherche, non seulement de coquillages, mais aussi et plus encore de quelques touristes à arnaquer. Beaucoup servaient aussi comme guides touristiques. Arrivé à quelques mètres de là, il s'assit, le dos légèrement tourné contre les deux enfants qui ne se doutaient de rien. Il épiait cependant tous leurs faits et gestes. Ses yeux scrutaient tout autour d'eux, cherchant le sac noir en bandoulière que portait l'homme au moment où ce dernier lui avait donné un billet de cinq cents francs. Ses yeux s'arrêtèrent sur un objet roulé dans une serviette. Le cœur de

Cégalo ne fit qu'un bond dans sa poitrine. Peut-être l'objet qu'il cherchait. Mais comment faire maintenant pour s'assurer qu'il s'agissait bien de cela. Les enfants continuaient à jouer. Il se leva brusquement et bondit comme un ressort en direction de la serviette roulée et disparut, emportant avec lui la serviette et son contenu. Il entra dans la forêt de cocotiers derrière la tente et se fondit dans la nature. Effrayés par cette intrusion, les deux enfants se mirent à crier et à appeler leurs parents qui étaient toujours dans l'eau. Ceux-ci étonnés, commencèrent à nager vers la plage, se demandant bien ce qui se passait. L'homme nagea plus vigoureusement et sortit le premier de l'eau. Intrigué, il courut vers les enfants qui restaient cloués sur le sable, pétrifiés par la peur. Ils tombèrent sur leur père et commencèrent à crier, rouge de peur.

- « Papa, le grand bandit, il est parti par là, le méchant, papa, partons d'ici. »

Les enfants criaient comme des forcenés, atterrés. L'homme ne comprenait rien de ce qui se passait. Cherchant des yeux, il se rendit immédiatement compte que quelque chose avait disparu. Sa femme les rejoignit quelques temps après. Les enfants restaient toujours collés à leur père. Se dégageant de leur étreinte, il les confia à sa femme et courut vers la forêt. Il n'y avait personne. Où pouvait bien être ce cerbère d'indigène ? Il regarda le sable et vit des traces de pas. Il se dirigea vers la forêt de cocotiers en courant, croyant rattraper le voleur. Sa femme cria : »Schmidt, non, attention, il est peut-être armé ». L'homme continua comme s'il n'avait rien entendu et disparut derrière les cocotiers. Les enfants blottis contre leur mère se remirent à crier de plus belle. Elle-même aussi avait subitement envie de crier et de pleurer. Ils s'assirent tous les trois sur le sable. Les larmes lui montèrent aux yeux mais elle les réfréna. Il fallait redonner confiance aux enfants. Au bout de quelques minutes, le mari revint, soufflant et haletant comme un phoque et vint s'asseoir à côté de sa petite famille. Il prit l'aîné dans ses bras.

- « Tu ne l'as pas vu, n'est-ce pas ? », demanda la femme. Le mari acquiesça de la tête. Ce qui l'énervait n'était pas tellement le fait d'avoir perdu quelque chose. L'état dans lequel étaient plongés ses enfants le rendait fou de rage.

- « Si je pouvais le serrer dans mes mains, je l'étranglerais, ce pauvre bougre de nègre. Putain de merde de bordel ».

Sa femme l'interrompit.

- « Schmidt, non. Il y a les enfants. Ils ne doivent pas entendre ces choses-là. Ce n'est rien, tout va s'arranger. »

Les deux gardèrent silence. La femme reprit après quelques minutes.

- « Il a emporté tout ? »

- « Je crois, chérie. La caméra et le porte-monnaie et la serviette. Tout est parti, même nos passeports. »

C'était la désolation. Et dire qu'ils s'apprêtaient à lever leur bivouac. Ils avaient en effet déjà fait leurs sacs et avaient voulu se baigner pour la dernière fois avant de prendre la route. Les choses tournaient maintenant au vinaigre. L'homme se leva et de dirigea vers la tente. Il fallait faire quelque chose. Avertir la police semblait le plus urgent. Il démonta la tente et mit tout le nécessaire derrière le véhicule de marque Toyota. La famille monta à bord et Schmidt démarra nerveusement, soulevant une gerbe de sable qui recouvrit le pare-brise. Ils débouchèrent sur la petite route de latérite et le véhicule fonça droit vers la ville.

Cégalo de son côté n'avait pas perdu du temps. Après son forfait, il avait foncé dans la forêt de cocotiers et avait traversé la route en courant. Il était maintenant assis dans la mangrove. De là il épiait tous les mouvements venant de l'autre côté de la route. Il ne pouvait pas revenir sur la plage récupérer la cuvette de vaisselle qui était toujours posé sur le tronc d'arbre, à l'embouchure de la rivière Toukaholè. Il savait bien ce qu'il attendait. Le vrombissement d'un moteur l'alerta. Il baissa instinctivement la tête et se dissimula derrière les racines de la mangrove, comme s'il était à découvert, oubliant pourtant qu'il était à l'abri de tous les regards. Il vit des touristes passés dans une voiture Toyota et compris de fait qu'il pouvait maintenant sortir de sa cachette. Il resta cependant encore là pendant une bonne trentaine de minutes, avant de sortir de la mangrove. La cuvette était toujours posée à l'endroit. En arrivant à la maison, il trouva sa maman assise sur la véranda de la cuisine en train de peller les amendes de mangues sauvages. Elle ne dit rien immédiatement préférant attendre la suite. Cégalo déposa la cuvette dans la cuisine et ressortit. Ne pouvant se retenir, elle demanda enfin :

- « Est-ce toujours les assiettes que tu lavais, papa ? ».
- « Les vagues avaient renversé la cuvette et je cherchais à récupérer les assiettes, je ne sais pas si certaines sont restées dans l'eau. »

Il se tut. Il n'était pas tranquille. Avant de revenir à la maison il avait dépouillé le sac. Son contenu l'avait un peu effrayé. Les passeports et autres le gênaient un peu. Il n'avait pas voulu aller jusque-là et pour ne pas s'en embarrasser, il les avait jeté au bord de la route, non loin de là où le couple de touristes avait garé leur voiture. En cherchant, se disait-il, on les retrouverait assez facilement. Quant aux autres objets dont la caméra, beaucoup d'argent et une montre en or, il les avait plaqué au même endroit, dans sa chambre au dessous du lit. Revenir à la rivière là où il avait planqué le premier butin s'avérait maintenant dangereux.

- « Il y a ton plat sur la claie », lui dit sa maman. Mais avait-il seulement faim. Sa tête était ailleurs.

VII

La nuit venait de tomber et le quartier de Bongandwè baignait dans cette quiétude typique aux agglomérations balnéaires. Les bruits de la journée s'étaient progressivement estompés, cédant la place au calme de la nuit. Les nuits en effet étaient difficiles à vivre le long de la cité balnéaire. La chaleur moite et les essaims de moustiques contribuaient à faire rapidement oublier la beauté féerique de la mer, avec ses plages interminables et le sable fin. Le bruissement des cocotiers sous le vent apportait un bémol au silence étrange du quartier en ce début de week-end. Ces moments qui jadis fascinaient le jeune Cégalo n'avaient plus aucune influence sur lui. Et pourtant ils les aimaient jadis. Blottit entre les genoux de sa grand-mère, il écoutait autrefois les récits épiques de la première guerre mondiale. Il aimait particulièrement aussi l'odeur caractéristique du Kaba de sa grand-mère, un mélange de tabac et de transpiration. Le jeune enfant qu'il était alors jadis n'en avait que cure. La pipe de sa grand-mère était son jouet préféré. Souvent il s'amusait à la bourrer de morceau de tabac que celle-ci cachait pourtant très loin, sous le matelas du petit lit en bambou posé à côté du foyer de bois dans la cuisine. Mais ces souvenirs étaient si lointains maintenant.

Le week-end s'annonçait mouvementé pour lui. Il allait connaître des moments qu'il n'avait pas encore goûtés. Ses amis lui racontaient beaucoup d'anecdotes et d'histoires vraies ou fausses qu'ils vivaient chaque week-end là-bas, dans la boîte de nuit du Village de la paix. C'était en effet un grand jour pour lui. Il s'habilla et sortit de la maison. Sa maman sans doute dormait déjà, fatiguée des durs labeurs de la journée. Son père n'arriverait que le dimanche. Un bateau était annoncé en provenance d'Ipono, le petit port fluvial voisin. Il avait donc tout le week-end devant lui. Il n'était pas seul dans le taxi qui le conduisait vers la boîte de nuit, le Village de la paix. Deux jeunes filles portant de courtes jupes telles des serpillières étaient assises à l'avant, à côté du chauffeur. Elles n'en avaient que cure de leurs jambes visibles et dont elles éprouvaient apparemment le plaisir de les voir exposées aux yeux de tous les voyeurs. Cégalo fut un peu troublé et y détacha difficilement ses yeux.

- « Tu me laisses au Village de la paix », dit-il au chauffeur en s'asseyant confortablement sur la banquette arrière. Il avait avec lui la caméra volée au couple de touristes dans la journée. Les deux jeunes filles assises à l'avant se retournèrent pour regarder. Leurs yeux se croisèrent et Cégalo n'y lut aucune expression. Le taxi roula pendant une trentaine de minutes, longeant l'avenue principale du quartier administratif de la ville. Le chauffeur immobilisa la voiture devant une énorme enseigne aux feux clignotants. L'entrée de la boîte était gardée par deux hommes en uniformes blancs arborant des épaulettes frappées de galons. Les deux jeunes filles descendirent en premier. Il descendit aussi et se dirigea vers l'entrée. A peine allait-il pousser le battant du portail que l'un des hommes l'arrêta net et lui demanda ce qu'il venait faire ici. Cégalo en fut dépité.

- « Mais je paye mon entrée. J'ai de l'argent. »

Le deuxième steward vint à la rescousse.

- « Qu'y a-t-il ? », demanda-t-il à son collègue.

- « Ce n'est rien, un nouveau venu, un bleu quoi ! »

Le deuxième steward dévisagea Cégalo pendant quelques secondes puis déclara :

- « C'est bon, laisse-le entrer. Pas de problèmes. Il semble plein aux as ».

La montre bracelet en or et la caméra de Cégalo avaient fait de l'effet sur lui. On ne vient pas dans une boîte de nuit avec une caméra pour rester dehors. Et pourtant les deux jeunes filles y étaient entrées comme dans un moulin. Cégalo pour la première fois découvrait la célèbre boîte de nuit Village de la paix. Il se trouva une place à côté d'un groupe de jeunes gens bruyants qui buvait de la bière comme de l'eau puis posa sa caméra sur la table, devant lui. Une jeune fille en mini jupe s'approcha aussitôt.

- « Oui Monsieur, vous buvez quelque chose ? ».

Cégalo s'étonna un peu. Lui un Monsieur, personne ne l'avait encore jamais appelé ainsi. Tout est vraiment bizarre ici pensa-t-il. Il eut une pensée pour son père qui le fessait régulièrement, alors qu'ici on l'appelait Monsieur. Vraiment curieux.

- « Un Whisky black, M'dame.
- « Grand ou petit, Monsieur ? »
- « Grand, merci ». La servante s'éloigna en roulant ses fesses sous sa mini jupe et revint quelques minutes plus tard avec la boisson sur un plateau. En déposant la bouteille, elle ajouta un peu confuse.

- « Monsieur, j'ai pris du glacé pour vous. Vous n'avez pas précisé, alors j'ai cru bon de vous amener une glacée. »

Elle se tut et commença à servir sans même attendre la réponse de Cégalo qui à son tour se plia simplement. Elle connaissait bien la musique. Faire boire le plus au client et même malgré sa volonté. Pendant qu'elle s'éloignait pour une autre table où des clients l'appelaient, Cégalo portait son premier verre de Whisky black dans la bouche. Il n'avait pas choisi ce goût par hasard. Ses amis, en particulier Djony, l'avaient tellement snobé à propos. Il fit une légère grimace en goûtant l'alcool. C'était donc ça le fameux Whisky black qu'on lui avait tant vanté ! Sur la piste de danse, des jeunes filles se trémoussaient, tournant leur rein comme des lianes. Elles dansaient entre elles. Quelques touristes européens, tanguant sous l'effet de l'alcool et attirés par les mini jupes, tentaient vainement de les séparer. Celles-ci éprouvaient un plaisir certain de voir tant d'hommes s'intéresser à elles, et surtout des Blancs. L'alcool commençait à agir. Cégalo descendit sur la piste et se mit à faire comme tous les autres. Il ne savait pas bien danser mais cela importait peu maintenant. De l'endroit où il était, il avait la possibilité de surveiller sa place, et surtout la caméra. Il fonça tout droit vers le groupe des jeunes filles et voulut aussi tenter sa chance. En vain. Les jeunes filles s'intéressaient maintenant plus aux touristes qu'à quiconque. Il regagna sa place. A peine était-il assis qu'une servante se tint devant lui.

- « Encore quelque chose Monsieur ? »
- «Un Whisky black, grand modèle, glacé M'dame. »

Il avait retenu la leçon. Il porta un nouveau verre d'alcool dans la bouche et l'avala d'un trait. L'arrière goût sucré de cette boisson le plaisait fort bien. Empoignant sa caméra, il se leva et commença à filmer tous ceux qui étaient tout autour de lui. Pour lui, la caméra était un objet fascinant mais il ne savait réellement pas ce qu'il était en train de faire. Il revint à sa place et avala d'un coup un autre verre de whisky black et sans attendre, il redescendit de nouveau sur la piste de danse et continua sa manœuvre. Excédé, un costaud se planta devant lui, entre la caméra et sa compagne. Le jeu de la caméra ne le plaisait pas. Cégalo l'avait en effet surpris en plein ébat avec sa compagne qu'il pelotait comme si toue sa vie en dépendait. Celle-ci, surprise aussi, se mit à cligner des yeux comme un chat de gouttière surprise par la lumière du jour.

- « Ça suffit maintenant, cochon. Dégage sinon je te brise la tête. »

Le ton était menaçant et hargneux. Cégalo fit semblant de ne pas entendre. Le costaud le saisit par le bras et le poussa lui et sa caméra devant lui. Plusieurs couples entrelacés commencèrent à brailler en proférant des injures. Le disc jockey arrêta la musique et des pas lourds se dirigèrent vers le caméraman. C'était le videur, une sorte de gorille aux bras velus arborant une moustache poivre et sel. Il empoigna Cégalo sans ménagement et sans crier gare, le traîna comme un sac hors de la piste de danse. La musique repris aussitôt. Il ne fallait surtout pas perdre tous ces clients qui, la plupart, étaient maintenant ivres. Parmi leurs compagnes, il y avait les filles de la maison dont le principal rôle consistaient à retenir une certaine catégorie de clients et en priorité les touristes. Cela participait de la politique du select. Le videur déposa Cégalo tout à côté de l'entrée et rentra à l'intérieur sans mot dire. Avant qu'il ne se ressaisisse, deux mains l'empoignèrent de nouveau et en quelques secondes il se retrouva dehors. Le portail d'entrée se referma aussitôt. Toute cette scène avait à peine duré cinq minutes. Une fine pluie tombait et les goûtes ramenèrent le héros de la soirée en lui. Pas âme qui vive en vue. Prenant sa caméra qui était tombée par terre, il se mit en marche en titubant légèrement. A peine avait-il fait cent mètres que les phares d'une voiture l'aveuglèrent presque. D'un bon il se retrouva sur le trottoir, croyant avoir affaire à la police. Le véhicule freina et une voix enrouée demanda :

- « Je vous laisse où, patron ? » C'était un taximen. Cégalo monta sans mot dire et grommela sous l'effet de l'alcool :

- « Bongandwè ! »Le taxi démarra aussitôt. Il devait être 3 heures du matin lorsqu'il descendit de la voiture. De fortes goûtes de pluie commençaient à tomber lorsque titubant il ouvrit presque à tâtons la porte centrale de la maison. Sans faire le moindre bruit, il entra dans sa chambre et s'endormit presque aussitôt.

VIII

« Ouvrez, police ! » Aucun bruit ne provenait de l'intérieur. Tout semblait calme. Le policier martela de nouveau du point sur le battant de la porte en criant. Rien ne bougeait. Il était 11 heures du matin. Le couple de touristes s'était rendu à la police et avait fait une déclaration de vol. La forte récompense promise avait mis les policiers du commissariat de la ville en branle.

Un indicateur avait fait état d'un présumé suspect se baladant avec une caméra dans une boîte de nuit et le recoupement des informations avait conduit les quatre agents de la police jusqu'à Bongandwè où habitait Cégalo. Les quatre policiers se divisèrent finalement en équipe de deux. Les deux restés devant la porte continuèrent à frapper mais sans succès. Au bout de quelque temps, l'un des hommes pénétra à l'intérieur, arme au poing. Il tenait une lampe torche dans sa main gauche. La salle à manger était vide. Une assiette posée sur la table indiquait cependant que quelqu'un était sans doute là. Il y avait encore des restes d'un repas apparemment consommé à la hâte. « Y-a-t-il quelqu'un ici ? », demanda le policier. Pas de réaction. La maison semblait bel et bien vide. Des pas lourds venant de la porte de derrière alertèrent l'agent en tenue. Se retournant d'un bloc et prêt à faire feu, il ne vit personne. D'un petit bond, il se réfugia derrière un vieux meuble et calant tant bien que mal son dos contre le mur en planche, il resta là, attendant que la porte s'ouvre. Les pas continuaient à progresser. Les muscles tendus et la respiration à demi bloquée, le policier avait mis le doigt sur la gâchette, prêt à faire feu. Le poignet de la porte arrière tourna doucement et s'ouvrit avec un petit grincement.

- « Halte, ou je tire. »

-      »Non, c'est alpha. », souffla une voix. C'était le nom de code de son collègue. Se redressant, il baissa son pistolet et fit un pas au milieu de la pièce.

-      « Tu aurais pu me dire que tu venais par là, bordel. »

-      « J'ai cru que tu avais un problème. Je ne t'entendais plus depuis le dehors. »

Le signe convenu était pourtant un coup de sifflet au cas où il y aurait une résistance quelconque. L'assiette posée sur la table avait aussi attiré l'attention du policier venu de l'extérieur, mais son collègue qui avait pris la peine de vérifier, le rassura aussitôt.

-      « Il n'y a personne.

-      « Et dans la chambre ? », souffla l'autre peu rassuré. Sans mot dire, les deux hommes en tenue se séparèrent immédiatement. L'un deux fit deux pas vers l'avant et se positionna à côté d'une porte qui semblait donner dans une chambre, tandis que l'autre tournait avec précaution le poignet qui s'ouvrit aussitôt. Il entra brusquement, le bras droit tendu et prêt à tirer. Il y avait un lit défait mais personne n'y était.

-      « Personne », souffla-t-il à son collègue resté en fraction devant la porte.

Toutes les chambres étaient vides. Les deux hommes firent mouvement vers la porte d'entrée et sortirent rapidement de la maison en refermant la porte derrière eux. Les deux agents savaient en effet qu'ils agissaient impunément, n'ayant aucun mandat de perquisition. Les deux autres restés dehors étaient remontés dans la voiture et attendaient. En voyant leurs collègues revenir, ils s'ébrouèrent un peu. Ils avaient la ferme conviction qu'ils trouveraient quelqu'un dans la maison. Mais en voyant leurs deux collègues revenir bredouille, ils comprirent qu'il y avait échec. Leur indic avait pourtant affirmé que l'oiseau était dans le nid. Les deux venus de l'intérieur montèrent dans la voiture et prirent place à côté leurs camarades. Après un court silence, celui qui semblait être le chef demanda.

- « Qu'y-t-il alpha ? »
- «Rien, l'oiseau semble s'être volatilisé avant notre arrivée ».

Il y eut un petit silence. Le deuxième prit la parole.

- « Nous avons trouvé une assiette à moitié pleine, comme si quelqu'un mangeait et l'avait abandonnée à la hâte. Mais la fouille des chambres n'a rien donné ».

Le chef, un inspecteur arborant deux étoiles sur ses épaules reprit la parole, mais cette fois-ci en s'adressant à toute l'équipe.

- « Nous redescendons et nous nous séparons en deux groupes. »

L'un des hommes, le plus jeune, reprit avec prudence.

- « Chef, nous n'avons pas… ».

Il n'eut pas le temps de finir sa phrase. Son chef lui coupa la parole.

- « Nous n'avons pas de mandat de perquisition. Je sais. Ici ce n'est plus l'école, Etomba, épargne-moi tes leçons, au boulot et c'est moi qui commande ici.

Etomba ne dit plus un mot et les quatre hommes descendirent de la voiture et se séparèrent aussitôt comme convenu.

La porte de la maison était toujours fermée. Deux hommes contournèrent par l'arrière et deux autres se tinrent devant. Après un petit signe de la main, ils entrèrent prudemment, l'un derrière l'autre. Ils n'avaient pas sorti leurs armes cette fois-ci.

Les policiers ne s'étaient pas en effet trompés. Cégalo était effectivement dans la maison. Il avait dormi comme un loir jusqu'à dix heures du matin et s'était réveillé pour manger. Sa maman était sortit très tôt pour aller au champ et lui avait voulu profiter de son absence pour manger un peu.

Le bruit d'une voiture s'arrêtant de l'autre côté de la route l'avait un peu intrigué et il s'était levé pour aller guetter. Son instinct de voleur ne l'avait pas trompé. C'était des policiers. Abandonnant précipitement son repas il s'était réfugié sous le lit socle. A moins de soulever le matelas, il n'était pas facile de le retrouver. Après le départ des policiers, il ne s'était pas relever, attendant que le moteur de la voiture tourne pour démarrer. Allongé sous le lit à même le sol, il attendait. Le long silence cependant commençait à le fatiguer. Couché à même le sol froid non cimenté de sa chambre, il avait maintenant des crampes et des fourmillements dans les membres. Quelques fourmis aussi commençaient à lu faire la fête. Les odeurs d'urine, reliques invisibles de son passé, le suffoquaient en plus. Cela devenait même insupportable. Le sol froid à cet endroit n'était pas sec et lui y était étalé depuis deux heures environ. Le bruit des pas devant la porte l'avait de nouveau alerté et contraint à demeurer immobile. Ça ne pouvait pas être sa maman. C'était des pas d'homme chaussé lourdement. Ça ne pouvait non plus être son père. Il ne devait arriver que tard dans l'après-midi. Le bateau était annoncé pour 17 heures. Le temps de débarquer, il ne pouvait être là avant 19 heures.

De sa cachette il entendait tous les bruits et les conversations, même murmurés entre les hommes en tenue. Les pas revinrent vers sa chambre et la porte s'ouvrit brusquement. Un des policiers y entra et se tint au milieu, comme s'il écoutait dans le vide. Cégalo aurait voulu sortir et fuir au moment où les deux policiers venus fouiller la maison étaient repartis, mais il ne pouvait le faire sans être vu. De leur voiture, ils avaient vue sur toutes les entrées de la maison. Il avait surtout peur de leurs armes. Ceux-ci, pensait-il, pouvait à tout moment ouvrir le feu. Djony lui avait raconté comment un jour un de ses amis s'étaient fait avoir en voulant fuir. Lui n'avait eu la vie sauve que parce qu'il était resté planqué dans le grenier de la maison jusqu'au départ des hommes en tenue. Tapi dans sa cachette, Cégalo continuait à épier le policier debout au milieu de la chambre. Il ne comprenait pas pourquoi ce dernier restait là, immobile. L'homme en uniforme porta machinalement une main sur son holster et sortit son pistolet. C'était un Beretta automatique, une arme redoutable. Les fourmis continuaient à mordre le dos de Cégalo, le contraignant maintenant à bouger par moment pour ne pas crier. Son lit n'était pas large et les crampes commençaient déjà aussi à se faire ressentir.

L'instinct du policier ne le trompait pas. Il y avait quelque chose d'inexprimable qui lui disait que la maison n'était pas vide. Il fit un pas vers le lit et s'arrêta encore. Une ombre chinoise passa furtivement devant la porte de la chambre et s'arrêta net, comme si quelque chose l'avait stoppée. C'était le deuxième policier resté en fraction dans la salle de séjour. Il ne voulait pas entrer, attendant sans doute que son collègue lui fasse signe. Le long silence de son collègue commençait un tout petit peu à l'intriguer. L'homme debout au milieu de la chambre bondit brusquement vers le lit et souleva le matelas, pointant son arme vers le sol. Celle-ci se retrouva à quelques centimètres du visage de Cégalo. Surpris, il n'eut même pas le temps d'esquisser le moindre geste. Il appela son collègue toujours en fraction devant la porte.

- « Alpha, l'oiseau est dans le nid. Je l'ai »

D'un bond et arme au point, le deuxième agent entra. Il jura entre ses dents.

- « Bordel de merde ! Où pouvait-il bien se cacher ? »

Un coup de sifflet strident alerta les deux autres restés en fraction derrière la maison et bientôt les quatre se retrouvèrent autour du lit.

- « On se lève maintenant, tout doucement et sans faux gestes. Les mains sur la tête. Tout doucement j'ai dit ».

C'était le chef du groupe. Il s'appelait Bouma. La cinquantaine avancée, il n'était plus loin de la retraite. Les remarques de son jeunes collègue Etomba, nouvellement sortit de l'école de formation l'agaçaient au plus haut point. Les quatre hommes sortirent finalement, armes au point, poussant Cégalo devant eux. Ils montèrent tous dans la voiture qui démarra aussitôt. Quelques badauds attroupés autour du véhicule restèrent ébahis. Ils n'avaient pas eu le temps d'ameuter les autres qui jouaient au football dans un petit terrain vague de l'autre côté de la route.

IX

Le véhicule ayant à son bord les quatre policiers et le suspect déboucha en trombe et freina brutalement dans la cour du commissariat. Deux d'entre eux sautèrent avant que le véhicule ne s'immobilise et dégainèrent leurs Beretta. Le chauffeur immobilisa la voiture. Cégalo descendit à son tour et fut immédiatement ceinturé par les trois hommes descendus avant. Les hommes en uniforme se comportaient déjà comme s'ils l'avaient surpris en flagrant délit de vol. Ils n'avaient pourtant jusque-là que des présomptions. Un indic leur avait passé des informations sur un suspect qui se baladait avec une caméra au Village de la paix et c'était tout. Les portes de la cellule grincèrent et se refermèrent brutalement derrière. La cellule était plongée dans la pénombre et il distinguait à peine les formes humaines assises à même le sol devant lui. Cégalo resta à côté de la porte. Il n'osait pas bouger.

- « Viens ici ! »

Cégalo regarda du côté d'où venait la voix et vit dans la pénombre un jeune homme assis sur un coussin en cuir racorni. Il ne bougea pas. Une autre voix reprit :

- « Tu n'as pas entendu. Le président t'appelle, alors ? »

Il se dirigea vers le jeune homme et le regarda droit dans les yeux.

- « On ne fait pas ça ici. Baisse tes yeux immédiatement. On ne regarde jamais le Président en face. Comme Cégalo tardait à réagir, une voix cria du fond de la cellule :

- « Bon, tu vas fouiller la pièce de monnaie. »

C'était l'un des pensionnaires qui avait parlé. Un vieux à l'air complètement éméché qui toussotait régulièrement. C'était en effet la règle dans la cellule. Le nouveau venu devait faire allégeance au plus ancien qui s'arrogeait le fameux titre de président. C'est à lui que revenaient tous les honneurs ici. Les autres eux jouaient les aides de camp. Le Président généralement ne parlait pas beaucoup. Ses ordres étaient souvent transmis par les autres qui en faisaient à leur guise, rajoutant ce que leur chef n'avait pas dit. Cet instant était fatidique pour les novices. En cas de résistance ou de nonchalance à obéir, la sentence était toujours la même : la fouille de la pièce de monnaie. Celle-ci était jetée dans un demi tonneau remplit d'escréments datant de plusieurs jours et le novice devait alors fouiller là dedans jusqu'à ce qu'il récupère la pièce en question. Et c'est là que tous les pouvoirs revenaient au Président. Cet exercice se terminait la plupart du temps dans les larmes et les supplications de la pauvre victime. Pour se racheter, elle finissait par être désignée comme responsable de la poubelle, jusqu'à ce qu'un autre pensionnaire arrive. La cellule où on avait conduit Cégalo avait 14 personnes. Elle avait pourtant été construite pour 4.

Cégalo n'obtempéra pas du tout. Habitué aux terribles brimades de son père, il s'était forgé une résistance à toute épreuve. Son apparence fragile trompait ses adversaires. Il resta là, immobile, attendant voir jusqu'où iraient les autres dans leurs menaces. L'un des prisonniers s'avança vers lui et le dévisagea de la tête aux pieds. Les deux se regardèrent pendant de longues minutes en chien de faïence. Cégalo respirait calmement, prêt à parer à la moindre attaque. Celui qui se tenait devant lui avait sensiblement le même âge que lui. Un jeune d'environ quinze ans, mince et élancé, dégageant fortement l'odeur de tabac.

- « Alors, tu joues au dur ».

Il n'avait pas fini de parler qu'il voulu gifler Cégalo. Bloquant le coup avec sa main droite, il le poussa vers le demi tonneau et resta immobile, au même endroit. Djony lui avait souvent raconté ce qui se passait dans les cellules et il était décidé à jouer son va tout pour ne pas se laisser faire. C'était une question de vie ou de mort. Surpris, l'autre revint doucement vers lui et le fixa de nouveau droit dans les yeux. Cégalo n'eut pas le temps de bloquer le coup de pied balancé par son adversaire. Il l'atteignit au niveau du tibia gauche, le faisant vaciller un peu. Malgré l'apparence frêle, son adversaire était robuste. Cégalo fonça sur lui comme un taureau et lui décocha un coup de tête au niveau de la bouche. Le contact fut terrible. Les deux lèvres se fendirent et du sang gicla. Surpris par la douleur, le jeune homme se renversa, cogna la tête contre le mur et tomba au sol comme un sac. Voyant que les choses tournaient mal, le Président se leva et poussa Cégalo à l'autre bout de la cellule. Pendant la bagarre, les autres occupants s'étaient tous rangés d'un côté. Il releva son aide de camp aussitôt et le fit asseoir. Tout le monde s'assit aussi, sauf Cégalo qui restait toujours debout, s'attendant à voir la cohorte crier haro sur lui. Il n'en fut rien. Chacun s'assit à sa place et un silence absolu s'installa dans le cagibi.

- « Ça suffit maintenant. »

Il regagna son coussin et esquissa un petit sourire.

- « Comment tu t'appelles ? ».

Cégalo ne dit rien. Après quelques minutes il déclara.

- « Cégalo ».

- « Non, je demande ton vrai nom. »

- « Cégalo », puis il se tut.

Le nommé Président compris qu'il avait affaire à un dur. Les langues commencèrent à se délier.

- « Gars ici, nous sommes comme des frères. Ce n'était qu'un petit exercice, mais toi tu as pris ça mal. »

Celui qui parlait devait avoir la vingtaine, pas plus. Le malheureux tombé à terre reprit ses esprits et regarda son chef. Ce dernier non seulement ne lui accorda pas le moindre regard et encore moins la moindre parole d'encouragement. Les choses tournaient en sa défaveur et il s'en rendait bien compte. Le nouveau venu venait, comme un tigre, de baliser son territoire C'était ça la loi de la jungle.

La nuit se passa sans heurt. Cégalo n'avait presque pas dormi. Assis sur son coin, il avait posé la tête contre le mur et s'était retrouvé comme cela jusqu'au matin. Les portes de la cellule grincèrent de nouveau et s'ouvrirent. Un policier en uniforme s'encadra sur le pas de la porte et interpella :

- « Cégalo c'est qui parmi vous ? »

Sans mot dire, il se leva et avança vers l'homme.

- « Donc c'est toi ! Viens ici ».

On le sortit et la porte se referma dans un grincement de pommelles mal huilées. Un agent le conduisit dans un bureau et il se retrouva devant un policier assis derrière une vieille machine à écrire. Il éteignit sa cigarette dès qu'il vit Cégalo, et il se leva, non par respect pour lui, mais pour celui qui l'accompagnait. Ce dernier était un inspecteur principal. Depuis l'arrivée de Cégalo, tous les services du commissariat étaient en ébullition. Chose rare et curieuse. Le statu de la victime, le couple de touristes qui avait déposé une plainte contre X y était sans doute pour quelque chose. L'homme était diplomate, premier secrétaire d'une ambassade étrangère en poste dans la capitale du pays. Pendant qu'on interrogeait Cégalo, une policière descendit et souffla quelque chose à l'oreille de son collègue. Certainement un ordre venant de la hiérarchie. Des heures plus tard, Cégalo regagna la cellule, escorté par le même officier de police qui était venu le chercher. Lorsqu'il se retrouva à l'intérieur, tous ses collègues curieusement se levèrent. Cégalo ne comprenait pas ce que ce geste pouvait signifier. Etait-ce une nouvelle attaque qui se préparait contre lui ? Toujours silencieux, il s'assit sur le sol noircit par les urines et la crasse.

- « Alors, gars, tu nous quittes bientôt ! »

- « Je ne sais pas », répondit-il cette fois-ci.
- « Qu'est-ce qu'ils t'ont fait. C'est comment là-bas ? ».
- « On m'a posé des questions et à la fin j'ai signé au bas du papier que le policier m'a tendu. Puis on m'a ramené ici comme vous le voyez. C'est tout. »
- « Tu seras sans doute transféré, il y a tribunal la semaine prochaine.

C'est le Président de la cellule en personne qui parlait et ceci d'un ton très posé, comme s'il s'adressait à un ami. La bagarre avait fait changer le cours des choses. L'autre, celui qui avait reçu le coup de tête était assis sur des morceaux de carton et arborait de temps en temps un sourire en direction de Cégalo comme pour lui signifier que l'incident était clos. Il n'avait d'ailleurs agit que sur ordre et maintenant que les ordres ne lui étaient plus adressés, la loi du milieu exigeait qu'il s'y adapte. L'ambiance dans la cellule s'était détendue depuis que Cégalo était revenu. Le demi tonneau était curieusement vide. Quelqu'un d'autre avait fait le sale boulot à sa place.

Après l'interrogatoire, le policier enquêteur s'était aussi levé. Il monta immédiatement au premier où se trouvaient les bureaux du commissaire et lui remit le procès verbal. Les choses allaient curieusement très vite. Après un bref salut, il tourna les talons pour prendre congé de son chef, mais ce dernier le retint et le fit s'asseoir.

- « Alors que penses-tu de cette histoire ? Fais-moi un bref résumé. Je n'ai pas beaucoup de temps pour lire tout ceci. »

Son collaborateur se racla la gorge.

- « Il y a anguille sous roche. Le suspect semble être coupable. Il est difficile cependant de retrouver les pièces et les autres documents de valeur que contenait le sac. Il déclare les avoir jeté à côté de la voiture. Les fouilles y ont été menées, mais hélas. La grande difficulté aussi c'est que c'est un mineur et un délinquant primaire. Il n'a pas de casier judiciaire ». L'enquêteur se tut. Le commissaire resta pensif un moment, passa les doigts sur sa moustache poivre et sel puis déclara.

- « Nous verrons la suite, mais pour le moment qu'on le garde au frais. Moi, je ne veux pas avoir de problèmes avec les gens de la capitale ».

X

Cégalo avait finalement été transféré dans la grande prison de la ville de K… et depuis deux mois il occupait une grande cellule avec les autres prisonniers. Son procès avait été expéditif à souhait. Le motif retenu pour sa condamnation était fatal : vol aggravé à main armée. Le procureur avait requis la peine de mort et finalement, après un long plaidoyer, sa peine avait été commuée à perpétuité. Ne sachant néanmoins trop comment, on l'avait finalement condamné à 20 ans d'emprisonnement ferme.

Dans la cellule les nouvelles allaient très vite. Il se racontait des choses sur lui. On chuchotait qu'il avait braqué des Blancs et avait emporté une forte somme d'argent. Même le montant semblait être connu. Et pourtant personne, en dehors de son ami Djony, ne savait exactement ce qui s'était passé. Même à ce dernier Cégalo n'avait pas donné tous les détails. Il ne comprenait donc pas comment est-ce que les autres prisonniers de sa cellule étaient au courant de certaines choses. Djony n'était pas le genre bavard, à moins que…

Djony en effet avait fait des indiscrétions à ses nouveaux employeurs. Il avait relaté le peu qu'il connaissait au commissaire. Ce dernier l'avait gardé pour lui, préférant laisser son collaborateur mener l'enquête jusqu'au bout.

Cet après-midi-là, assis dans sa cellule, il méditait tous ces événements qui l'avaient conduit ici. Il avait fini de manger sa pitance et voulait un tout petit peu se reposer. La plupart de ses camarades de bagne étaient allés à la corvée. Il ne restait que lui et quelques pensionnaires nouvellement incarcérés. Ils étaient quatre, en plus de lui-même. Au bout de quelques minutes, le sommeil le gagna. Mais à peine avait-il fermé les yeux qu'un léger bruit vint troubler sa quiétude. Comme dans un rêve, il avait l'impression que la porte de la cellule s'ouvrait. Il crut au départ que c'était la cellule d'en face qui s'ouvrait et jugea inutile d'ouvrir les yeux, ce d'autant plus que sa cellule n'était pas isolée. Plusieurs portes donnaient d'ailleurs sur le long couloir menant aux cellules. L'une d'elles jouxtaient effectivement la sienne. Des pas entrant dans sa cellule se firent finalement plus précis et c'est alors qu'il décida enfin d'ouvrir les yeux. Mais trop tard.

Des mains puissantes s'abattirent sur lui, cherchant à le recouvrir avec la couverture dans laquelle il s'était roulé. Ce n'était pas un jeu. On voulait l'étouffer. Pris dans l'étau, il se débattit, criant de toutes ses forces. Les mains qui l'étouffaient étaient comme des étaux et ses efforts semblaient inutiles. Le souffle commença à lui manquer. Il poussa des pieds contre le montant du lit métallique, mais la machine infernale continuait à le broyer sous la couverture. Il pensa à son père, costaud qu'il était. Les mains qui l'étranglaient remontaient maintenant, cherchant sa gorge. Le souffle lui manquait de plus en plus et son pouls s'était accéléré comme s'il souffrait subitement du paludisme. Un voile noir recouvrit ses yeux. La panique le gagnait petit à petit. Pris de tremblements subits, Cégalo cria encore de nouveau. Mais aucun son n'était audible, les mais le maintenant immobile, attendant qu'il rende le dernier souffle. Sentant ses forces définitivement l'abandonner, il rassembla ce qui lui restait d'énergie et s'arc-boutant comme s'il voulait se lever, il détendit ses coudes de toutes ses forces en frappant en même temps des pieds contre le montant inférieur du lit. Désarçonnés, l'un des bourreaux lâcha prise et il entendit comme un bruit sourd d'un corps qui tombait.

- « Merde, bordel, mais c'est un vrai lion, ce bonhomme ! », cria une voix. Le temps que les autres mains reviennent sur lui, Cégalo était déjà à moitié debout sur son lit et profitant du petit instant de panique qui s'était emparé de ses assaillants, il rabattit la couverture et la propulsa avec l'énergie du désespoir sur les deux silhouettes qui se dressaient devant lui et sauta par terre.

- « Au secours, au sec… ! »

Il n'eut pas le temps de crier pour la deuxième fois. Ses assassins revinrent à la charge. Ce fut terrible. Ceux-ci étaient au nombre de quatre en effet. Constatant qu'ils étaient sur le point de se faire démasquer, ils se ruèrent comme un seul homme sur lui et le projetèrent par terre, voulant tous tomber sur lui au même moment. Mais mal leur en avait pris. La couverture était par terre et deux d'entre eux marchaient dessus. Cégalo tira celle-ci avec toute l'énergie du désespoir. Il entendit un craquement, comme si quelque chose se déchirait. La couverture céda un peu et déséquilibrés, l'un de ceux qui étaient debout, un homme d'un âge mûr s'étala de tout son long, les quatre fers en l'air. L'autre par contre tint bon. Il fit un vol plané, comme un joueur de rugby happant le ballon au vol, et atterrit non pas sur sa victime, mais par terre car entre temps Cégalo avait eu le temps de s'écarter. Le choc fut terrible. L'homme avait atterri sur le ventre, cognant le menton contre le ciment de la cellule. Groggy, il resta étalé pendant de longues secondes. Les deux autres, voyant qu'ils étaient démasqués, prirent la poudre d'escampette. Cégalo était maintenant debout et criait de toutes ses forces.

Les autres prisonniers dans les cellules d'en face se mirent à cogner contre les battants des portes de leurs cellules pendant que d'autres criaient à tue-tête. Le vacarme allait crescendo. Les deux autres hommes avaient eux aussi disparu. Cégalo n'avait pas eu le temps de les reconnaître. La scène en effet n'avait pas durée plus de cinq minutes. Habillés tels qu'ils étaient, il n'était pas évident de les identifier. La cellule était chichement éclairée. La petite fenêtre grillagée à environ trois mètres du sol, en plus du judas de la porte ne parvenait pas à chasser la pénombre qui régnait dans le cagibi. Ses assaillants n'avaient pas eu le temps de refermer dernier eux.

Il s'assit sur son lit, essayant de rassembler ses idées. Qu'est-ce que tout ceci voulait bien dire. Qui lui en voulait dans cette prison au point de vouloir l'éliminer en plein jour ? Un détail lui revint. Il se leva mais se ravisa finalement, et se rassit. Avant cette l'attaque, il n'était pas seul dans la cellule. Mais où étaient donc passés les quatre autres prisonniers au moment où on l'attaquait ? Pendant qu'il réfléchissait à tout cela, des piétinements lourds se firent entendre dans le couloir. Une cohorte de gardes prisonniers fit irruption dans la cellule et l'entoura immédiatement, matraque au point. Lui demeurait assis, tenant sa tête à deux mains.

- « Debout, cria l'un d'entre eux. »

Sans hésiter, Cégalo se leva et posa les mains sur la tête, une façon de leur démontrer sa bonne fois. S'attendant à être écouté, l'un des gardes lui passa les menottes et l'autre lui enchaîna les pieds. Il ne comprenait plus rien. Il venait d'échapper à la mort et au lieu de l'écouter, c'est plutôt des menottes qu'on lui passait. Six gardiens de prison au total l'encerclaient. Il n'avait pas vu les chaînes au moment où ceux-ci entraient, préoccupés qu'il était.

. - « Tu vas chez le chef et ouste ! »

L'un des gardes le poussa sans ménagement vers le couloir et les portes de la cellule se refermèrent dans un grincement de ferraille et de pommelles rouillées et mal graissées. Le bruit dans les autres cellules s'était atténué, des yeux perçants et curieux lorgnaient à travers les judas, chacun voulant comprendre ce qui se passait. On mena Cégalo enchaîné et entouré de gardes dans un bureau qui ressemblait à un parloir. Les murs étaient étonnement propres ici.

Au bout de quelques minutes, une jeune femme entra, tenant une chemise cartonnée entre ses doigts. Ses ongles laqués de vernis laissaient transparaître le soin qu'elle apportait à tout son être. Cégalo se souvenait des photos des magazines ramassés dans les poubelles du Miramar hôtel qu'il feuilletait jadis et qui présentaient de belles femmes maquillées à souhait. « Comment celle-ci pouvait-elle être si propre dans un tel univers ? », se demanda-t-il intérieurement. Une porte donnant à un bureau s'ouvrit et tous les gardes se levèrent comme un seul homme.

- « Debout ! », tonna une voix. On tira ses chaînes et il se leva lui aussi péniblement. C'était le régisseur de l'établissement qui faisait son entrée, d'où la frénésie subite dont faisaient montre les gardiens. Eux qui d'habitude sont si nonchalants se comportaient maintenant comme de vrais commandos. Un homme à l'air distingué et aux tempes grisonnantes fit son entrée dans le bureau. Tous les gardiens étaient en position de salut militaire, immobiles et droits comme des mas. L'homme fit un petit signe de la main et s'assit. Des mains en forme de coup de point retombèrent. Des chaises métalliques furent tirées et finalement tout le monde s'assit. Cégalo lui n'était pas sur une chaise, un petit tabouret avait été poussé vers lui et c'est là –dessus qu'il s'assit. Les chaînes entravant ses mains et à ses pieds le serrèrent de plus belle au moment où il s'assit. Il comprit qu'on le passait à un tribunal qui n'avait rien à envier à une cours martiale.

- « Alors, c'est toi qui agresse les gardes prisonniers et transforme ma prison en ring de cash ? »

Cégalo leva le doigt pour parler mais l'homme assis en face de lui ne le lui permit pas. Il continua comme s'il s'adressait à lui-même. Et pourtant il avait bien posé une question.

- « Chef, cet enfant est un vrai danger. Un élément dangereux à ne pas garder ici. Nous ne pouvons pas le garder ici. »

Cégalo ne comprenait rien. Il avait bien été agressé par des inconnus. C'était une véritable tentative d'assassinat et au lieu qu'on l'entende, c'est plutôt lui qui était accusé.

- « Chef, on a voulu me tuer. Laissez-moi présenter les faits. On a voulu me tuer, chef », réussit –il enfin à dire. L'un des gardes tira subitement les chaînes des pieds, obligeant le prisonnier à baisser les mains pour ne pas tomber du petit tabouret.

- « On ne parle pas sans permission !», cria l'un des gardes. La belle secrétaire assise à un angle du bureau prenait des notes et son visage lisse ne laissait paraître la moindre émotion.

- « Alors, vous êtes d'accord qu'il soit transféré devant le procureur ? »

- « oui, chef », dit l'un des gardes. Cégalo était perplexe.

Le scénario dura près d'une heure de temps. On n'avait pas jugé utile de donner la parole au prisonnier. Tout était comme si les choses avaient été arrangées à l'avance. On dirait même que tout avait été monté ou commandité par des personnes bien précises.

Après la mascarade, Cégalo se retrouva dans sa cellule. Il devait être 18 heures du soir. Les autres prisonniers étaient revenus de leur corvée et chacun vaquait à ses occupations, comme si de rien n'était. Une question trottait dans sa tête et il ne savait où trouver la réponse. Il déduit finalement que les autres prisonniers qui étaient présents au moment de l'agression n'étaient rien d'autre que les complices de ses agresseurs. Ils avaient profité du fait que tous les occupants étaient sortis et en avaient donc profité pour exécuter leur plan. Peut-être avait-on même programmé cette fameuse corvée exprès pour exécuter la besogne. Ces pensées trottèrent dans la tête de Cégalo jusqu'au moment où un semblant de sommeil l'emporta.

Le jour s'était très vite levé et il se demandait même s'il avait fermé l'œil. Beaucoup de ses voisins de lit dormaient encore à points fermés. Il les envia à un moment. Eux certainement n'avaient pas autant de soucis que lui. Après s'être lavé et brossé les dents, il mit des habits plus propres et s'assit sur son lit, attendant la suite des événements. On lui avait enlevé les chaînes pour ne pas attirer l'attention des autres prisonniers avec qui il partageait la cellule. Tout semblait donc être revenu à la normale et c'est pourquoi personne ne lui avait posé la moindre question sur les événements en cours. La chose semblait avoir été savamment orchestrée.

Pendant qu'il ressassait encore la terrible scène d'hier, la porte de la cellule s'ouvrit et deux gardes firent leur entrée.

- « Suis-nous ! », dit l'un deux. L'autre était resté devant la porte. Cégalo se leva et suivit les deux agents en tenue, ne sachant pas trop où on le conduisait. En montant dans le pick-up de marque Toyota stationné sur la cour devant la porte d'entrée de la prison, il comprit qu'on le transférait réellement. Mais où donc ? Il ne pouvait le demander à personne. Le véhicule démarra aussitôt quand tout le monde se fut installé. Il y avait en tout huit personnes à bord. Le chauffeur, un vieil homme bedonnant à la tête dégarnie et six gardes arborant des tenues neuves armés jusqu'aux dents. La mise en scène était en marche. Le véhicule roula pendant une heure environ et stationna devant les services départementaux de la ville. On fit descendre Cégalo, pieds et poings liés. Les gardes s'étaient postés à bonne distance, armes aux poings. Le cortège s'ébranla, rythmé par le cliquetis des chaînes entravant les pieds du prisonniers et qui à chaque pas raclaient un tout petit peu le sol. Ils enfilèrent un long couloir et tournèrent à gauche. Beaucoup de curieux les observaient, les yeux grands ouverts. Qu'avait-il donc fait pour être ainsi enchaîné, se demandaient certainement ceux qui les regardaient. Le groupe s'arrêta devant une porte en bois massif bien verni. On fit asseoir le prisonnier sur un long banc posé à l'entrée et apparemment disposé là pour les visiteurs comme lui qui fréquentaient régulièrement les lieux. Un garde se détacha et se fit annoncer auprès d'une secrétaire. On les reçut immédiatement. Un écriteau à l'entrée de la porte indiquait « Services de Monsieur le Procureur ». Cégalo compris donc qu'on l'emmenait devant le Procureur.

****

Assis entre deux gardes armés de fusils automatiques, toujours pieds et poings liés, Cégalo faisait semblant de somnoler. Le passage devant le procureur avait été très expéditif. Ce dernier l'avait copieusement insulté et l'avait traité de tous les noms d'oiseaux. Le motif de son transfert était « vol à mains armées », ce qui signifiait en effet qu'il était partit pour un très long séjour dans cette nouvelle prison où on le transférait. En sortant du bureau du procureur, il s'était juré qu'un jour il lui ferait sa peau. Mais comment. Il avait simplement lancé au visage de ce fonctionnaire véreux au visage bouffi et poupin par les magouilles de la justice.

- « Vous me reverrez ici même, Monsieur le procureur », « Sortez de mon bureau », avait répondu le magistrat. Les gardes avaient violemment tiré sur ses chaînes, se persuadant de plus en plus qu'il était un élément dangereux dont il fallait s'en débarrasser au plus vite. Et maintenant, il était assis là, entre deux gardes et on le transférait vers la prison de K…, le terrible pénitencier où, aux dires de certains prisonniers avec lesquels il avait un peu sympathisé dans la prison de sa ville natale, était une véritable forteresse où non seulement l'on ne pouvait jamais s'évader, mais aussi où l'on rencontrait les prisonniers les plus redoutables qui puisse exister. En y arrivant, il se retrouva dans la cellule N° 24.

XI

Cégalo sursauta et se leva brusquement du morceau de bois où il était assis. Le feu de bois qu'il avait allumé finissait de consumer les derniers tisons. La nuit était fort avancée maintenant. N'ayant pas de montre, il ne pouvait savoir quelle heure il devait être. Il avait réellement somnolé et il se rendait compte qu'il était toujours assis là au bord de cette grande route menant vers son village natal. Quelque chose de froid avait frôlé ses pieds et l'avait fait sursauté. Il ne pleuvait plus et le ciel était étoilé. La grande question pour lui était celle de savoir où il passerait la nuit. Après un moment d'hésitation, il se leva et décidé, il prit résolument sa décision. Il n'avait pas d'autre choix. Il fallait marcher s'il voulait arriver vivant et retrouver ses parents, en espérant que ceux-ci ne l'avaient pas oubliés. Ceux-ci n'avaient fait le moindre signe de vie pendant son long séjour dans la prison de K…, mais curieusement Cégalo pensait encore à eux. Les tortures que lui infligeait jadis son père n'avaient pas réussi à effacer ce qu'il ressentait pour eux dans son cœur.

Le goudron était mouillé et ses pas faisaient un bruit qui semblait se répandre à mille lieues de là. La vieille paire de tennis qu'il portait amplifiait ce bruit et il songea à un moment qu'il fallait peut-être se déchausser. Se ravisant, il continua à marcher, essayant de penser au sable fin des belles plages longeant sa ville natale. Il crut même à un moment entendre le bruit des vagues de la mer, mais ce n'était que le fruit de son imagination. Pour le moment il était bel et bien sur cette route goudronnée, marchant comme un fou au milieu de la chaussée mouillée. N'ayant plus personne à craindre maintenant, il ne jouait plus les fous. Les feux des lucioles et les étoiles au ciel étaient les seuls témoins qui l'accompagnaient dans sa ballade nocturne. De temps en temps il voyait des ombres fuyantes traversées la route et le bruit dans les fourrés au bord de la route le faisait penser aux bêtes sauvages, surprises et effrayées par cette autre ombre géante à deux pieds qui s'avançait en pleine nuit. Lui qui jadis était très peureux n'en avait que cure maintenant. Les durs moments de la prison et sa vie passée au village, avant son incarcération en avait fait simplement un dur à cuire. Il lui fallait regagner sa ville natale et il espérait aussi retrouver tous ceux de ses protagonistes de jadis qui l'avaient contraints, au moyen de subterfuges impensables, à séjourner dans la prison de K…Il y avait passé quatre longues années. Pendant son séjour en prison, il avait réfléchi sur son plan et il voulait le mettre à exécution dès son arrivée au village. C'était d'ailleurs la condition sine qua none pour sa survie là-bas. Prouver aux autres qui il était effectivement et leur démontrer par là qu'il n'était pas n'importe qui.

Le froid de la nuit commençait à faire son effet et ses habits, bien que secs maintenant ne parvenaient pas à lui épargner le frisson des coups de vent qui annonçaient le petit matin. Pendant combien de temps avait-il marché, il ne pouvait le savoir, dépourvu comme il était de toute possibilité de savoir quelle heure il pouvait être. Fatigué et épuisé par la marche, il s'assit au bord de la route et s'endormit immédiatement. Le réveil fut tout aussi brusque. Les rayons du jour l'avaient alertés et assis là, au bord de la chaussée, il était tenaillé par une faim de loup. Il ne savait que faire. L'unique solution pour lui était simplement de se remettre en route jusqu'au prochain village et là, voir comment se procurer un peu de victuailles. Cégalo se mit debout et comme un automate, se remit en route. On aurait dit un zombi sortit d'un film ou d'un roman d'une autre époque. Ses habits froissés et ses pieds boueux lui redonnaient l'air du fou déambulant sur les routes de la capitale et qu'il avait adopté au moment où il s'était échappé de la prison pour ne pas se faire épingler par les forces de l'ordre. Après un tournant de la route, il aperçut au loin des toits de maison, signe d'une présence de vie. Il redevint alors le véritable fou. S'arrêtant un moment, il ramassa un morceau de bois sec, repéra une vieille boîte de conserve, y mis de la boue dedans, et la posa sur sa tête. Le déguisement était parfait.

Le village au bord de la route était en somme une bourgade. Une grande ambiance y régnait et Cégalo vint s'asseoir à côté d'une vente de bière. Des clients assis sur la véranda y buvaient et mangeaient du poisson braisé. Personne n'accordait la moindre attention à ce fou assis non loin de là et qui semblait perdu dans ses pensées. Des femmes braisaient du poisson tout à côté et de temps en temps, une servante habillée en blouse couleur jaune faisait la navette entre les clients et les « braiseuses » de poissons. Les bonnes odeurs provenant des barbecues firent frémir les narines de Cégalo et goulûment il fit contraint d'avaler involontairement de la salive. Surtout ne pas se faire repérer et jouer son jeu jusqu'au bout. Le fou. Au bout d'un certain temps, il se leva, tenant sa boîte de conserve remplit de boue et vint cette fois-ci s'asseoir tout à côté des femmes. C'était de l'indifférence totale tout autour de lui. Un fou, quoi de plus banal et normal ici. On dirait même que c'était un décor ordinaire. Néanmoins, l'une des vendeuses se leva et menaça de verser de l'eau sur lui, sur ce fou qui semblait un peu trop s'intéresser à ses poissons.

- « Eh, mouf, vas là-bas ! C'est moi que tu as choisi, vas là-bas ! Malchance ! ».

Le fou restait là, le regard lointain et les yeux rouges tels des braises d'un feu de saison sèche. Les clients assis sur la véranda semblaient eux être dans un autre monde. A côté de Cégalo il y avait des assiettes contenant les restes des poissons consommés par les clients de la véranda et c'est bien là qu'il espérait trouver son compte. Profitant d'un moment d'inattention de la jeune vendeuse, il allongea sa main et tira un plat vers lui. A peine avait-il fini sa manœuvre que la vendeuse cria de nouveau, lui balançant le contenu de l'assiette qu'elle tenait d'une main. Cégalo reçut l'eau de poisson sur le visage, renforçant de plus belle son image. Les clients assis sur la véranda continuaient à déguster leurs plats comme si de rien n'était. Personne en dehors de la malheureuse vendeuse n'accordait toujours la moindre attention à ce géant dégingandé et dépenaillé au prise avec son estomac vide qui réclamait sa pitance journalière. Malgré la douche forcée reçut sur le visage, Cégalo se décida de jouer son va- tout. Il tendit cette fois-ci les deux mains vers la jeune femme et murmura entre ses dents :

- « Mami, aide-moi, j'ai faim. Pardon. »

La jeune vendeuse resta un instant pensive puis posa son regard sur le fou. Cégalo la regarda droit dans les yeux et ce qu'il y lut le réconforta. Ce n'était pas du tout de la compassion. La vendeuse paraissait embarrassée et voulait se débarrasser de lui le plus rapidement possible. Ses clients sur la véranda étaient son souci majeur et ce fou entêté semblait vouloir mettre à mal sa chance. Elle prit finalement une tête de poisson et quelques arrêtes, - restes d'un plat-, déchira un morceau de papier et le poussa vers Cégalo. Ce dernier tira le morceau de papier vers lui et dégusta cette manne avec grand appétit. Après cela il se leva, posa sa boîte de conserve sur la tête et continua sa route. Il venait de remporter une première victoire. Se nourrir un peu pour reprendre des forces. La route était encore très longue et semée d'embûches imprévisibles. Il avait été impeccable dans son rôle. Il posa un regard envieux en passant devant une boutique fort achalandée tenue par un jeune homme. L'odeur des cigarettes frappa ses narines et il dut faire un effort surhumain pour ne pas tomber en tentation. « Surtout pas », se dit-il intérieurement. Sa destination était son village, sa ville natale où l'attendait de grandes choses. Commettre un larcin ici suffirait à compromettre son plan longtemps concocté du fond de sa cellule, au moment où il était encore pensionnaire de la cellule Nr.24. Le goudron brûlait maintenant sous ses pieds et, comme un automate, il se remit en marche en direction de sa ville natale. Le poids de la marche pesait sur lui de plus en plus et bien que jouant le fou quand cela était nécessaire, il ressemblait par moment à un zombie courant vers sa destinée, chargée du poids de sa vie antérieure et tendu et fasciné par le futur. Ce futur n'était rien d'autre que la ville où il naquit jadis il y a de cela 19 ans environ. Y arrivé était pour lui synonyme de liberté, de vie, et même d'exorcisation du passé. Il bouillonnait intérieurement. Son arrivée sonnerait aussi le glas pour certaines personnes haut placées dans l'administration de la ville. Du moins c'est ce qu'il pensait. Ceux-là ferait bien leur requiem quand il sauront que lui, Embonda, alias Cégalo, alias Mepimbili dit Monsieur le Maire, jadis Président de cellule nommé par ses pairs avant son extradition vers le pénitencier de K…était encore vivant.

Sa marche devenait pénible, mais il lui fallait tenir bon. Cela faisait maintenant quatre jours qu'il avançait vers sa destinée, sur cette route couverte de macadam, l'une des rares à joindre les grandes villes du pays. Les voitures le dépassaient à vive allure, klaxonnant par moment comme si leurs chauffeurs étaient devenus fous. Le dos voûté, les pieds meurtris par la chaleur de plus en plus torride de la journée, tel un dernier Mohican revenant dans son héritage, il avançait inexorablement vers l'assouvissement de ses multiples refoulements, longtemps accumulés en cellule. Ses pieds brûlés par le soleil le faisaient maintenant souffrir et devenaient de plus en plus une véritable plaie béante, mais il avançait, tantôt titubant comme un cocotier sous un vent d'orage, prêt à rompre mais ne cédant jamais. Les mouches se mêlaient maintenant à ses souffrances, cortège bourdonnant, attirées par les odeurs nauséabondes qu'il charriait. Il s'arrêta sous l'ombre d'un baobab dont les énormes branches chargées de feuilles enveloppaient la route de leur ombrage. La soif et la faim le tenaillaient de nouveau. Ne sachant à quel saint se vouer, il sombra peu à peu dans un sommeil peuplé d'ombres fantasmagoriques qui lui présentaient des mets dégageant des effluves de délice.

XII

Le soleil s'acheminait à pas silencieux vers son coucher et la chaleur torride de la journée cédait peu à peu la place au vent doux de l'après-midi. Cégalo avait dormi pendant plusieurs heures et s'était remis en marche. Il n'était plus très loin de sa ville natale mais un obstacle non moins négligeable lui barrait la route. L'entrée de la ville était gardée par toute une escouade de policiers et de gendarmes. La patrouille était mixte et des agents en tenue de guerre faisaient des va- et-viens incessants. On se serait cru en plein couvre feu. De loin, Cégalo les observait, assis au bord de la route, plongé dans ses méditations. Il se demandait bien comment traverser ce barrage qui de loin, semblait différent de ceux qu'il avait traversés jusque-là. Les hommes en tenue fouillaient systématiquement tout ceux qui s'aventuraient dans la zone, piétons comme voitures. Aucun fou n'était visible dans les parages et Cégalo éprouvait comme un malaise au plus profond de lui-même. C'était un sentiment indéfinissable et son instinct d'ancien bagnard lui disait de ne pas avancer. Mais seulement que fallait-il faire ? L'endroit avait été choisi à dessein. Un pont reliait les deux bouts de la route. Aucun autre passage n'était possible et le cours d'eau coulant en bas était en pleine crue et formait une véritable chute dont le grondement sourd et dangereux se faisait entendre au loin. Plongé dans ses pensées, Cégalo réfléchissait. Cela faisait maintenant plus de deux heures qu'il était là et il lui fallait trouver un moyen efficace pour pouvoir traverser ce barrage, sans attirer la moindre attention. Il se demandait si l'alerte n'avait pas été donnée depuis la fameuse évasion de la prison de K…Ça ne pouvait être que ça qui pourrait justifier une telle effervescence inhabituelle des forces de l'ordre. Généralement l'endroit était gardé par des policiers qui se relayaient. Le point de péage non loin de là justifiait leur présence et habituellement ils étaient au même endroit que les agents du fisc qui y travaillent. Que pouvait- il bien se passer ?

Une idée saugrenue qu'il chassa aussitôt lui traversa l'esprit. Il ne pouvait tout de même pas pousser l'audace jusqu'à ce point. Non, ça il ne le pouvait pas. La montre semblait indiquer dix sept heures, à en juger par les rayons de soleil qui s'éloignaient de plus en plus de la route et de la fraîcheur qui se faisait progressivement ressentir. Une petite maison en toit de chaume se trouvait non loin de là où il était. C'était l'unique maison avant la traversée du pont. Aucun habitant n'était visible. L'endroit était donc désert. Se levant, il se dirigea vers une piste qui semblait mener droit dans la rivière en crue. Il voulait non seulement assouvir un besoin naturel mais aussi de là dépendait le succès de son plan qu'il s'était finalement résolu de mettre à exécution. Il n'avait pas de choix. Personne n'était en vue. Baissant ses haillons, il se soulagea le plus tranquillement possible. C'était maintenant ou jamais. Le jour baissait et il lui fallait rapidement traverser le barrage formé par la patrouille mixte. Pendant la nuit en effet, l'endroit devenait dangereux car toutes les exactions étaient possibles. Cela allait du rançonnement aux abus sexuels sur les femmes qui voyageaient en pleine nuit. Même les fous n'étaient pas en sécurité ici, eux pourtant qui déambulent partout sans se faire inquiéter le moins du monde dans toutes les grandes villes du pays. Ici c'était un autre monde.

Cégalo se mit donc à se badigeonner le corps avec sa propre merde, de la tête aux pieds, et même sur le visage. Au bout de quelques minutes, ses cheveux devinrent une véritable croûte merdeuse et nauséabonde. Il passa le nécessaire sur ses vieux haillons et bientôt l'effet ne se fit pas attendre. Les bourdonnements commençaient, annonçant les essaims de mouches qui s'invitaient au festival. Tout couvert de ce baume humain, il sortit de là et se mit à avancer comme un fou, précédé et suivi par un essaim bourdonnant d'insectes de toutes sortes. Les premières lueurs d'un feu allumé par les agents en tenue étaient visibles de loin.

Cégalo avançait, un bâton à la main, l'air hagard, titubant par moment et finissant de se donner l'allure adéquate. Les « vroum vroum » des insectes tournoyant au-dessus de sa tête et tout au tour de lui étaient devenus un véritable orchestre. Qui pouvait se douter de la supercherie, tellement l'homme était dans la peau de sa nouvelle personnalité.

L'agent debout à côté du tonneau plein de sables sur lequel était posé une barre de fer qui barrait la route fumait une cigarette. Pendant quelques instants, il fixa le bout incandescent et s'étonna de l'odeur qui semblait s'y dégager. Il faillit la jeter, dégoûté. Qu'est-ce que cela pouvait bien dire, une cigarette qui dégage des odeurs de merdes, il n'avait jamais encore entendu, ni ouie dire pareille chose. Cette mégère de Ebôbi l'avait-il piégé. Non, il ne pouvait le croire. Chaque soir il achetait sa cigarette là-bas et jusque-là tout allait bien. Mais seulement il ne pouvait s'expliquer cette odeur de plus en plus insupportable qui semblait progressivement l'environner. Une consolation cependant, le tabac atténuait un peu le fumet nauséabond, il ne pouvait donc pas totalement s'en débarrasser. Il tourna son regard vers ses collègues assis non loin de là autour du feu. Ils devisaient paisiblement. N'en pouvant plus, il cria :

- « Ebéhédi, mais qui a chié ici, ce n'est pas possible. Vous ne sentez pas cette odeur de merde ? »

Les autres agents pouffèrent de rire, prenant cela pour une blague de mauvais goût. Tournant sa tête vers la route, le malheureux se retrouva nez à nez avec un géant, dépenaillé et dégingandé et puant comme une civette. Une véritable figure tiré des mille et une nuit. Le policier faillit perdre son sang froid et se ressaisissant, il cria d'une voix étranglée par le fumet nauséabond et insupportable :

- « Qui va là ? Halte ou je tire ! ».

L'ombre nauséabond continuait d'avancer comme si de rien n'était. Ses collègues alertés par le cri qu'il avait poussé se levèrent comme un seul homme, la main sur leurs holsters et prêts à tirer. Une lampe torche puissante se braqua sur la forme humaine qui avançait et les dix hommes en tenue restèrent interdits et interloqués.

- « Bona pahè », cria l'un d'eux. L'ombre avançait, imperturbable. Le jeune policier en fraction recula d'un pas car Cégalo marchait tout droit vers lui, comme s'il voulait l'étreindre. N'en pouvant plus, le policier détala et alla se tenir loin derrière. Il ouvrit largement la bouche et avala de l'air comme pour chasser les mauvaises odeurs qu'il avait respirées depuis des minutes. Il se mit à tâter nerveusement ses poches et au bout de quelques secondes, il sortit une cigarette tordue qu'il alluma nerveusement. Ses lèvres happèrent le tabac et goulûment il se mit à tirer des bouffées comme si toute sa vie en dépendait. La pestilence émanant de ce fou merdeux sortit droit de l'enfer continuait à l'envelopper comme un halo invisible et infect. La sensation désagréable lui donnait la chair de poule et à un moment il avait eu l'impression qu'une main invisible voulait l'étouffer. La lampe torche ne fit point reculer Cégalo. Les croûtes de merde sous ses paupières protégeaient ses yeux du rayon de lumière et c'est cela qui impressionnait les hommes en tenue.

- « Mais c'est un démon ! » cria encore l'un d'eux. Ils avaient oublié momentanément les effluves insupportables qui émanaient de ce visiteur venu de nulle part. Mais aussitôt rattrapés par la réalité, les neufs hommes se bouchèrent le nez et s'écartèrent vivement à leur tour.

- « Non, c'est un fou, oui c'est un fou !».

Celui qui parlait voulait redonner du courage aux autres. Cégalo quant à lui poussa la manœuvre jusqu'à l'extrême. Il vint se tenir à côté de la barre de fer barrant la route et tendit les bras pour la toucher. L'un des hommes devinant son intention, souleva avec rage le morceau de fer en criant :

-   « Imbécile, allez fou le camp d'ici. Salaud ! Mais il est tout couvert de caca. Pas possible ! »

Cégalo ne bougea pas.

-   «Fou le camp d'ici, salaud. Vas loin avec ta merde ! »

Cégalo bougea cette fois-ci et se remit enfin en marche. Il avait gagné son pari. D'un pas nonchalant, il passait sous la barbe des policiers et des gendarmes, sans se faire inquiéter le moins du monde. On le priait même de partir de là. La barre de fer s'abaissa et le jeune policier en fraction revint à sa position, dégoûté par ce qu'il venait de vivre. Ce n'était donc pas la cigarette qui empestait l'air, mais bien ce fou sortit de je ne sais où. De mémoire de policier il n'avait pas encore vécu pareille chose. Décidément ce métier lui réservait des surprises étranges. Il s'en voulu un peu d'avoir eu à pester contre cette vieille Ebôbi. Fort heureusement qu'il ne l'avait pas exprimer tout haut, sinon ses collègues se seraient bien moqués de lui. Cégalo s'éloigna de la patrouille mixte et disparut dans la nuit, précédé de ses odeurs et des essaims d'insectes, tel un cortège nuptial. Les lucioles s'y étaient mêlées et leurs lumières finissaient à donner au cortège l'image d'une véritable marche nuptiale nocturne. Le plus dur commençait pour lui aussi et il fallait parer à cela au plus vite. Trouver de l'eau et se débarrasser de sa charge pestilentielle. Or ses habits étaient complètement inutilisables. Pourquoi avait-il poussé la bêtise jusqu'à ce point. Il aurait peut-être suffit de s'oindre un tout petit peu le corps et qu'il aurait peut-être produit le même effet. Maintenant il avait besoin des habits moins sales pour pouvoir tenir. Fort heureusement que la nuit était déjà tombée. Sa victoire était éclatante. Même

Djony son ami, plus expérimenté que lui dans le métier n'aurait sans doute pas fait mieux que lui et cela il ne tenait pas à le raconter. Ceci faisait maintenant partie de son jardin intime. Le premier grand cours d'eau avant l'entrée de la ville se trouvait à un kilomètre de là. Cégalo les parcourut en quelques minutes seulement, pressé qu'il était maintenant de se débarrasser de son apparat. L'eau froide lui fit du bien et en y ressortant, un froid glacial parcourut son échine. La proximité de la mer accentuait le vent qui frappait maintenant son visage. Le bruissement des cocotiers balayés par les rafales le ramenait tout d'un coup dans le présent qu'il avait jadis oublié. Un foultitude de souvenirs se réveillaient en lui et pendant un certains temps, il oublia le froid intense qui le pénétrait. Revêtant de nouveau ses haillons, l'homme se remit en marche, content tout de même d'être encore en vie. Le sable fin sous ses pas lui faisait du bien. Ce contact était presque magique. Les souvenirs de jadis continuaient à se réveiller en lui. Le sable, la mer et ses douces odeurs marines, ce bruissement des cocotiers, Cégalo était au bord de l'extase. Finies les mauvaises odeurs de merde, la prison de K… et la cellule Nr.24, ses camarades, tout cela était si loin maintenant. Mais la liberté qu'il s'était donnée était si étroite, si éphémère. Elle n'était d'ailleurs que provisoire. Son plan avait tout prévu et il avait eu le temps de peser le poids de sa décision. L'heure du requiem pour ses ennemis de jadis s'approchait. Tel un justicier, il faisait maintenant son entrée dans sa ville natale. Le plus urgent était de se procurer des habits un peu plus présentables. L'heure du fou était révolue. C'était maintenant le règne du vrai Cégalo, connu de certains comme le fils de Djoki sa mère et de Théo, le nerveux de son père, et par d'autres comme la terreur des touristes. Jadis aussi c'était le pisseur invétéré qui ingurgitait des litres du breuvage infect que lui administraient ses parents pour stopper ses incontinences urinaires. Tout cela aussi était si loin mais tellement présent maintenant. Ses pas crissaient sur le sable fin de cette plage qu'il avait parcourue autrefois. Les premières lueurs de l'aube pointaient déjà et cela signifiait beaucoup pour lui. Le grand moment approchait. Le moment de sa rédemption aux yeux des autres, le moment des grandes vengeances.

XIII

- « C'est qui, mais qui êtes –vous ? »

Avant que le policier en fraction devant la porte du préfet ne réalise ce qui se passait, Cégalo le frappa sous la nuque et l'étala en douceur sous la table lui servant de bureau. Il était 9 heures du matin et les bureaux de la préfecture étaient déjà ouverts. Même le préfet était curieusement déjà en place. La fenêtre du premier était ouverte et une douce musique venait du bureau. Il comptait sur l'effet de la surprise. En arrivant devant la porte capitonnée, il hésita un peu et, respirant profondément, il poussa le battant tout doucement, comme si c'était un usager habituel. L'homme assis sur son bureau lisait un journal et il n'accorda pas la moindre attention à celui qui entrait. Il était habitué à sa secrétaire et le garde assis devant sa porte filtrait toutes les entrées. Cégalo toussota un peu. Le préfet, bien que lisant son journal ? leva tout de même les yeux comme pour demander à sa secrétaire ce qu'elle voulait. Il n'avait pas sonné pour que celle-ci vienne dans son bureau.

- «Mais Monsieur, qui êtes-vous ? Que voulez-vous, comment êtes-vous entrez jusqu'ici ? »

D'un bond, Cégalo, alias Embonda avait bousculé le grand bureau et s'était accroché au cou de l'administrateur, serrant de toutes ses forces.

- « Mais que me voulez-vous, qui êtes… ? »

L'homme n'eut pas le temps de finir sa phrase, Cégalo, alias Monsieur le Maire, dit Président des cellules de sa ville natale serra un peu plus la gorge de l'administrateur. Un tremblement commençait à agiter les mains grassouillettes du fonctionnaire.

- « Je suis Cégalo », dit-il, puis il se tut.

Il desserra un peu l'étau comme pour permettre au fonctionnaire de reprendre de l'air. L'homme était ahuri. Il ne comprenait toujours pas ce qui lui arrivait.

- « Je suis Cégalo, Monsieur le Maire », annonça-t-il de nouveau. Voyant que l'homme ne réagissait toujours pas, il avança :

- « Monsieur le préfet, vous avez oublié le petit braqueur à main armée que vous avez expédié dans la prison de K…, vous et Monsieur le Procureur ? ».

Le préfet eut l'impression que le ciel tombait sur sa tête. Maintenant il comprenait. Il se mit à trembler de tous ses membres.

- « Non, ne me tuez pas, que voulez-vous ? Ce n'était pas moi, je ne suis pas magistrat, moi. Tu te trompes, jeune homme ».

- « Pas jeune homme, mais Monsieur le Maire et avec un m majuscule, s'il vous plaît ! » Un silence de quelques secondes passa puis l'homme reprit rapidement :

- « Oui, Monsieur le Maire. »

- « Je dis bien avec majuscule ! »

- « Oui, avec m majuscule ».

Le sexagénaire bedonnant regarda vers la porte. Cégalo crut lire dans ses pensées et dit simplement :

- « Il ne viendra pas maintenant, il dort, Monsieur le préfet Fifty Fifty. »

Touché dans son amour propre, l'homme voulu se lever pour foncer vers la porte, mais le grand Cégalo le cueillit dans sa tentative et le fit asseoir de force sur son bureau.

- « Ne faites plus ça, sinon… ! » Il se tut.

Cela voulait tout dire. Fifty Fifty était en effet le sobriquet que lui avaient donné les prisonniers de la ville. Les bruits couraient qu'il était de connivence avec le procureur de la ville et que tous les cas de braquage sur les touristes se négociaient dans son bureau. Aux dires des bruits qui couraient dans les cellules de la prison de la ville, Monsieur Fifty Fifty prolongeait les détentions administratives à volonté. Cégalo reprit.

- « Ecoutez. Vous appelez Monsieur le Procureur tout de suite. »

Joignant le geste à la parole, il lui tendit le téléphone. Fifty Fifty ne comprenait plus rien. Que pouvait bien lui vouloir ce bandit des grands chemins. Après une courte hésitation, le sexagénaire bedonnant tendit la main vers le combiné du téléphone et commença à former timidement le numéro du Procureur.

- « Maintenant vous allez appeler Monsieur le régisseur et vite ».

Cette fois-ci Fifty Fifty resta perplexe. Cela faisait près d'une heure que Cégalo retenait le préfet prisonnier dans ses propres bureaux et cette attente commençait à l'agacer. Avant d'y entrer, Cégalo avait pris la précaution de coller un stick sur la porte d'entrée du bureau. Ce bout de papier s'avéra fort utile car la secrétaire n'effleura même pas le bureau de son chef alors que d'habitude elle est la première à y entrer pour faire le ménage. En y arrivant, elle fut un peu intriguée de constater que son chef était déjà là. Mais c'était tout à fait normal, souvent il s'enfermait lorsqu'il avait des dossiers urgents à traiter. Un bruit sourd vint de la porte et Fifty Fifty cria :

- « Entrez ! »

Cégalo avait pris la peine d'éloigner tout ce qui pouvait compromettre la réussite de son plan. Il était planqué derrière la porte et épiait tous les mouvements de Fifty Fifty. Les deux fonctionnaires arrivèrent presque au même moment. La porte s'ouvrit miraculeusement seule et avant même que les deux ne se rendent compte de ce qui se passaient, Cégalo avait refermé. C'est alors qu'il sortit de sa poche un pistolet revolver et le braqua sur les trois fonctionnaires en face de lui. Les trois hommes restèrent interdits. De mémoire de fonctionnaires, ils n'avaient pas encore vécu pareille chose. C'était même ridicule pour eux et invraisemblable. Personne ne les croirait. Se faire braquer en plein centre de la ville et de surcroît dans le bureau même du premier fonctionnaire du département. Qui le croirait. Le moment de désarrois passé, les deux nouveaux venus tournèrent presqu'au moment leur regard vers le Préfet qui se faisait tout petit dans ses souliers.

- « Que veux-tu, mon ami ? Dis-le moi et nous allons arranger les choses. »

- « Monsieur le Régisseur, je vous demande une seule chose, qu'on me ramène immédiatement en prison ici, je veux finir ma peine ici dans la prison de la ville, vous comprenez bien ? ».

Les trois fonctionnaires ouvrirent grandement leurs yeux, croyant rêver. Qu'un bandit les braque, oui, pourquoi pas. Mais que ce dernier exige qu'on l'enferme pour purger sa peine, ça, c'était simplement digne d'un conte de fée, c'était des histoires de roman.

- « Mais, qui es-tu au juste. D'où viens-tu toi, pourquoi veux-tu aller en prison ? »

C'est le Procureur qui avait posé cette série de questions et il espérait bien comprendre ce qui se passait et d'où est-ce que ce bandit mal famé au regard rouge feu venait.

- « Je n'ai pas fait un braquage à main armée, Monsieur le Procureur, rappelez-vous bien ».

Cégalo jouait bien son jeu et il prenait même du plaisir à maintenir ces trois hommes en respect avec son arme. Le Procureur le fixa droit dans les yeux, cherchant à comprendre. Son intuition de magistrat semblait lui dire que quelque chose ne tournait pas rond dans cette histoire. Il avait même l'impression vague d'avoir vu ce visage quelque part, mais il ne pouvait exactement dire où. Cela ne pouvait être qu'au parquet. Or, des milliers de prévenus avaient, en quatre ans de service dans la ville, défilé devant lui. Il ne pouvait se souvenir de tous ces visages et même pas du quart de ceux-ci. Cégalo avait passé quatre longues années de souffrances indicibles dans la prison de K…, l'administration de la ville n'avait pas changé de physionomie. Il avait retrouvé le même Préfet, le même Procureur et le même Régisseur de prison. Il les connaissait très bien. Eux de leur côté avaient tout oublié.

- « Je suis Cégalo, Monsieur le maire des cellules d'ici… ! »

Il se tut. Les trois hommes n'en croyaient pas leurs oreilles.

- « Mais tu es en prison à K… ! »

- « J'étais en prison à K… et me voici. Je viens purger ma peine ici et j'exige maintenant que mon procès ait lieu.» C'était la consternation totale dans le bureau du Préfet. Tout le bâtiment était étrangement calme en cette heure de la matinée.

- « Vous me ramenez dans ma cellule maintenant, je le répète, sinon… »

- « Oui, oui, je comprends », reprit aussitôt le Procureur. Il ne voulait pas détériorer le climat apparemment amical qui régnait dans le bureau. Il avait cru déceler un début d'énervement sur le visage osseux de Cégalo et son intuition lui dictait maintenant de faire vite. Le pistolet braqué sur eux n'avait pas dévié d'un millimètre et le doigt était posé sur la gâchette. Le magistrat n'aimait pas trop cela. Ce bandit était trop sûr de lui. Il tourna son regard vers le Régisseur de la prison qui était resté muet depuis qu'ils étaient entrés dans le bureau du Préfet.

- « Oui, il y a de la place… ! ».

Il avait semblé deviner où voulait en venir le Procureur. D'ailleurs il n'avait pas de choix. Un évadé qui exige sa réincarcération après évasion d'une autre prison, cela ne courait pas les rues. C'était même un cas rarissime. Que pouvait –il bien dire d'autre. Il était urgent de récupérer ce pensionnaire encombrant qui lui revenait. Il ne voulait surtout pas gâcher son départ à la retraite. La chose devait se faire en douceur. Les trois hommes en effet semblaient être tous du même avis. Personne ne souhaitait un scandale, au contraire.

- « Baisse donc ton arme, nous partons pour la prison. »

Cégalo avait minutieusement préparé cette phase.

- «Levez-vous, Monsieur le Préfet, tout doucement ».

L'homme se leva sans hésiter, l'air subitement inquiet. Lui aussi n'aimait pas ce pistolet braqué sur eux et qui ne déviait pas d'un pouce.

- « Vous sortez avec Monsieur le Procureur et vous le tenez par la main en causant comme si de rien n'était.»

Tandis que les deux hommes s'exécutaient, Cégalo tira non sans ménagement la main du Régisseur et les quatre hommes sortirent main dans la main comme de vieux copains. La porte du Préfet se referma en douceur, Cégalo l'avait repoussée avec son talon. Ils montèrent tous dans la voiture du Préfet qui s'était mis au volant, sous la menace discrète du pistolet du bandit braqué sur eux. En professionnel, il avait une main dans la poche de sa vareuse à quatre poches, prêt à faire feu en cas de besoin. La voiture démarra en douceur, en direction de la prison de la ville. Personne ne s'était rendu compte de ce qui se passait. Le groupe des quatre hommes avait même rencontré des gens dans le couloir, et tout c'était passé comme sur des roulettes. Personne n'avait osé s'approcher du Préfet, tellement occupé à causer avec le Procureur. Certains usagers n'ayant pu être reçus attendaient habituellement le moment où il sortait de son bureau pour l'aborder plus facilement. Souvent on glissait des cartes de visite sous sa main, question d'obtenir un rendez-vous difficilement négociable. Cette fois-ci personne n'avait osé le faire.

La grille de la prison se leva aussitôt et les gardiens de prison restèrent tous au garde à vous, immobiles comme des piquets. Ce n'est pas tous les jours que la voiture de Monsieur le Préfet entrait ici. Des regards interrogateurs se posèrent sur le véhicule qui s'arrêta devant le bureau du Régisseur. Ce dernier sortit le premier, suivit d'un inconnu débraillé qui semblait être un décor saugrenu au sein de ce trio de personnalités bien connu de la ville. Le groupe disparut aussitôt dans le bureau du Régisseur et la porte se referma immédiatement. Le bureau du Régisseur de la prison était vaste comme deux cellules. Cégalo se tint debout dans un coin, tout à côté de la porte donnant dans le bureau de la secrétaire et de l'intendant de la prison. Il voulait comme cela s'assurer que tout se passerait bien. Il lui restait en effet un problème à régler avec ces trois messieurs qui l'accompagnaient.

- « Monsieur le Régisseur, asseyez-vous et signez moi maintenant mon mandat de dépôt. » Les trois fonctionnaires croyaient réellement être dans un rêve. Sans broncher, le Régisseur s'assit et tira un tiroir d'où il extirpa un bordereau qu'il ouvrit aussitôt. Cégalo ne dit plus rien, son arme restait pointée vers les trois hommes qui eux aussi espéraient que cette histoire connaîtrait bientôt un heureux dénuement. Le Régisseur écrit sous la dictée du prisonnier debout devant lui et remplit sans la moindre rature le mandat de dépôt attestant que le prisonnier restait seulement un prévenu et que son dossier serait rapidement ouvert de nouveau pour qu'il subisse un procès équitable. Munit du fameux papier, Cégalo déposa son arme sur le bureau du Régisseur et sourit un peu. Un silence étrange régnait dans la salle. Allongeant la main, le Régisseur se saisit de l'arme et c'est alors qu'il se rendit compte de la supercherie. L'arme du prisonnier n'était rien d'autre qu'un jouet d'enfant.

- « Tonnerre de Brest », s'écria-t-il.

- « Ce bonhomme nous a berné comme de petits enfants. »

Il tendit l'arme au préfet qui était jusqu'alors resté debout par peur de causer une réaction incontrôlée du prisonnier qui les avait tenu en respect pendant plus de trois heures de temps. Le Procureur resta interdit.

- « Qu'est-ce qu'on fait maintenant, Monsieur le Procureur ? », s'enquit le pauvre Régisseur qui se voyait pris dans une situation difficile. Le Procureur ne dit rien. Le Préfet qui commençait maintenant à éprouver une gêne terrible s'assit sur une chaise en fer et déclara, courroucé :

- « Vous le mettez au frais, c'est un prisonnier comme tous les autres. Les choses ont changé maintenant pour les prisonniers, on ne peut plus faire comme auparavant, voilà. » Il se leva et sortit sans crier gare. Le Procureur en fit autant. Cégalo fut gentiment reconduit dans une cellule aux murs peints à la chaux, en attendant que son dossier fût de nouveau ouvert, pour un procès digne de ce nom.

XIV

Cela faisait quatre ans que Théo n'avait pas revu son fils. Sa femme Djoki s'était murée dans un chagrin sans consolation. En apprenant ce jour-là que le procès de Cégalo allait se tenir, elle n'avait pas cru en sa sœur, venue de Grand Village, qui le lui annonçait. Cette dernière avait appris la nouvelle dans un taxi. Le chauffeur, un certain Djony, le racontait à un passager assis dans la cabine à côté de lui. Théo son mari n'avait pas fait de commentaire. La disparition de son fils l'avait jeté dans un mutisme permanent que son petit frère, malgré les conseils qu'il lui prodiguait, ne parvenait pas à briser.

La salle d'audience était bondée de monde. Théo, assis à côté de sa femme, restait méditatif. Il venait de perdre sa maman et le retour de Cégalo semblait être celui d'un enfant prodige. Il ne l'avait pas revu depuis des années et au fond de lui, un pincement de chagrin étreignait ses entrailles. Sam, son inséparable frère cadet restait aussi muet, préférant laisser son aîné dans ses pensées. Ce dernier en avait besoin. Le moment était fatidique. Ayant passé toute une vie à fuir son fils, aujourd'hui ce dernier était là, tel un voyageur fatigué de ses périples et lui Théo attendait qu'il soit jugé équitablement.

- « Affaire Cégalo contre X… », annonça la voix fluette de la greffière habillée en noire et assise aux premières loges. Un jeune homme se leva, promena son regard dans la salle, comme s'il fouillait quelqu'un dont il savait qu'il serait là. Théo ne put esquiver ce regard avide d'amour. Une onde intérieure le parcourut, telle une houle jaillit des abysses de son cœur et en silence, il écrasa furtivement une larme. Son fils le regarda droit dans les yeux et au bout de quelques secondes, il détourna sa face et posa son regard cette fois-ci sur le Procureur qui prononçait maintenant le verdict.

L'affaire avait été mise en délibéré et aujourd'hui, le tribunal rendait le verdict final. Djoki ne put se retenir. Elle sanglotait en silence, la tête légèrement posée sur l'épaule de son mari. Ce dernier, habituellement nerveux au point de confondre tous les gestes, mêmes les plus doux de sa femme, resta cette fois-ci très calme. Instinctivement il serra la main de sa dulcinée et se concentra sur ce qui était en train d'être dit de son fils. Pour la première fois de sa vie, il ressentait quelque chose d'inhabituelle au fond de lui. C'était comme un pincement, comme un déchirement de soi, venant du fond de ses entrailles. Théo le dur éprouvait de la compassion pour son fils. Il l'aimait subitement. Il faillit à un moment se lever pour crier son amour à haute voix. Mais il était dans une salle d'audience et cela était impossible.

Théo ne comprenait vraiment pas ce qui se passait en lui. Le contact de sa femme si près de lui dans cette salle d'audience était en train de produire en lui des choses inexplicables. Une onde de chaleur montait progressivement en lui et il se surprit à serrer de plus fort la main de sa femme. Il aurait voulu l'embrasser directement dans la bouche, mais... Dans cette salle d'audience, de drôles de choses se passaient en Théo. Son cœur se mit à battre un peu plus vite. Une foule de pensées le traversaient. Il avait l'impression de revivre son enfance. Son père mort depuis fort longtemps l'avait éduqué dans des conditions très rudes, dans une discipline presque martiale. Il ne se souvenait que très rarement d'avoir entendu le mot amour. Et maintenant, il ressentait comme un vide, un manque en lui. Comme une soif de vivre, de crier tout haut ses soifs d'amour.

Cégalo, assis devant la barre ne pouvait pas imager ce qui se passait dans le cœur de son bourreau de père. De son côté, il éprouvait aussi des sensations bizarres. Le regard de son père l'avait un tout petit peu intrigué. Il avait crut lire quelque chose d'inhabituelle dans ces yeux habituellement durs comme du granit. C'était comme de la douceur, comme un semblant de sourire froid, comme si un mur de glace, traversé par des rayons d'un chaux soleil, avait laissé percevoir des failles d'où pouvaient couler de l'eau, capable d'étancher des cœurs assoiffés tel celui de Cégalo. Il aurait voulu se rapprocher de son père pour voir si cela pouvait être vrai, mais la distance et sa posture constituaient des obstacles infranchissables pour le moment.

Le procureur acheva son discours et il se fit un bref silence qui sembla une éternité pour Théo. Ses mains tremblaient un peu. Cégalo de son côté restait très calme. Il était même un peu indifférent par rapport à ce qui se disait là devant. C'était comme s'il s'agissait de quelqu'un d'autre. Ses multiples péripéties avaient chassé de lui tout sentiment. Il était devenu comme un bloc de glace qu'aucun soleil ne parvenait à faire fondre. Et pourtant il avait soif d'amour. Soif d'être aimé et d'aimer. Il ne se souvenait même plus s'il avait un jour aimé. Le vague sentiment qu'il avait ressenti pour la première fois vis-à-vis de Rosy n'avait été que furtif. Rosy aurait du être son premier amour. Mais le sort en avait décidé autrement. Etait-elle encore là, difficile à dire. D'ailleurs il n'y avait rien eu entre eux. Et subitement Cégalo pensait à elle, comme s'il c'était passé quelque chose entre- eux. Subitement il voulait revoir Rosy, savoir ce qu'elle était devenue. Son cœur habitué aux refoulements et aux multiples duretés semblait maintenant fondre comme un iceberg sous un soleil tropical.

Une voix venant du haut de l'estrade des magistrats le réveilla de ses rêveries.

« En vertu du statut de mineur au moment des faits, le tribunal ayant à juste titre statué, relaxe Monsieur Cégalo, et le condamne cependant avec sursis à deux ans. Il devra faire preuve de bonne conduite et éviter tout acte contraire à la loi. Mes dames et messieurs, la séance est levée. »

Le jour se levait progressivement et les rayons doux du soleil pénétraient par les interstices des murs en planches de la maison. Allongé sur son lit, Cégalo dormait à quatre points fermés. Il venait de passer une première nuit dans cette maison qu'il avait quittée depuis des années. Il ne se souvenait plus exactement quant est-ce qu'il était parti. C'était un autre jour, un nouveau jour. Seul dans son lit, c'était une chose impensable. Son dernier lit avait été celui de la prison de K...d'où il s'était évadé. Là-bas, se souvenait-il maintenant on dormait jamais seul sur un lit. Et d'ailleurs de lit il n'y en avait presque pas. Pour la première fois il venait de passer une nuit sans inquiétude, une nuit sans sursaut, sans cauchemar. Aucun bruit de bottes n'était perceptible. Le silence était presque paradisiaque. Cégalo achevait de se réveiller. Son doux réveil fut cependant interrompu par deux légers coups frappés à la porte. Ce n'était réellement pas de coup. L'on avait simplement effleuré le battant. Ses oreilles exercées à écouter les moindres bruits avaient immédiatement capté le signal. Il se leva paresseusement en baillant et se dirigea vers la porte. Le battant s'ouvrit et quel ne fut pas son étonnement. Son père était là, les mains dans les poches. Les deux hommes se dévisagèrent pendant quelque temps et comme mus par un ressort, se jetèrent dans les bras l'un l'autre. C'était inimaginable. Théo le dur entre les bras de son fils Cégalo, le bandit, le mécréant. L'étreinte dura une bonne minute et quand les deux se regardèrent de nouveau dans les yeux, le fils remarqua que son père avait des yeux embués. Théo n'avait pas pu se retenir. C'était en effet plus fort que lui. Le retour de l'enfant avait guérit le père. Les deux hommes se redécouvraient comme s'ils ne s'étaient jamais vus. La vie semblait repartir à zéro pour eux. Les blessures de la famille se cicatrisaient miraculeusement. Se ressaisissant, le père entraîna son fils dans le salon où étaient assises quelques personnes que Cégalo ne reconnut pas aussitôt. Il s'assit et c'est alors que le miracle se produisit. Il n'en croyait pas ses yeux. Rosy était assise devant lui. Elle aussi avait entendu parler du procès de Cégalo et était venu aux nouvelles. Djoki sa mère se leva, tenant à la main un petit enfant de quatre ans environ. Cégalo n'en pouvait plus. Il se releva et s'avança vers sa Rosy et c'est alors qu'il remarqua que des larmes coulaient de ses yeux.